渇き、求め、濡れ、堕ちる。

青井千寿

Illustrator
crow

ジュエル文庫

CONTENTS

※本作品の内容はすべてフィクションです。
実在の人物・団体・事件などには一切関係ありません。

プロローグ

「お母さん！　こっちにスモモがいっぱいあるよ」

木漏れ日の下、落ち葉を踏みしめて歩いていた少年は、陽光のなかで輝く実を見つけて走り出した。

たわわに実った深紫の果実は、食べてくれる人を待っていたかのように軽く触れると、ポトリと落ちて小さな手に収まる。

母親は枝を支えて息子を手伝いながら、次々とスモモをもぎる小さな背中に碧《あお》い目を細めた。

栄養価の高いスモモは子供のみならず大人にとっても素晴らしい食事となる。彼女は周囲に生えるたくさんのスモモの木を見回し、恵み多き森に感謝せずにはいられない。

この森にはスモモなどの果実はもちろん、木の実やそれを餌にする小動物などもたくさん住んでいて、近隣の住人たちにとってなくてはならない場所となっている。

「藍玉《らんぎょく》の森にお礼を言って、食べる分だけいただきなさい」

「お母さん、何でこの辺りを〝藍玉の森〟って言うの？　藍玉《アクアマリン》って宝石の名前だよね？　この森で宝石が採れるの？」

「この辺りは鉱山じゃないから、藍玉は採れないわ」

息子の素朴な疑問に微笑《ほほえ》んで答えると、母親はスモモに齧《かぶ》りつく我が子を膝の上に座らせる。

ここが藍玉の森と呼ばれる謂《い》われは古い世代の人間なら皆知っているのだが、伝承は声にしなければ次の世代に伝わっていかない。

母親は言葉を探して碧い目を同じ色の空に向けると、いつか自分の母親が教えてくれたようにゆっくりと語りはじめた。

「藍玉の森っていう名前は、昔この森を作った人たちに因《ちな》んでつけられた名前なの」

「昔？」

「そう、この辺りがまだ砂漠だった頃……」

母親が語りだしたイルザファの伝説に少年は耳を傾ける。

彼の唇についたスモモの果汁が風に溶け、木々のあいだを駆けていった。

第一章　碧き瞳との再会

　図書室の小さな窓を開けると、甘酸っぱい香りが風に運ばれてやってきた。部屋に淀《よど》んでいたかび臭い空気が初春のそれへと変わる。

「スモモ……」

　香りの正体を突き止めたブランシュは鼻をスンと鳴らすと、ふっくらとした唇を緩めて顔を綻ばせた。

　エストライヒ王国の宮殿は広大な庭を擁している。春になればスモモの花が、初夏になれば林檎《りんご》の花が咲き、それぞれの実りの時期にはたくさんの収穫をもたらす。

「今年はスモモの煮込みも食べられないかしら」

　ため息まじりにそう言ったブランシュの言葉にはっと顔を上げたのは、侍女のエマである。どこに行くにも影のように侍《はべ》るエマは、ブランシュにとって肉親よりも親しい存在だ。

「去年作った乾燥スモモがたくさんあります。イルザファ帝国にはそれを一樽《ひとたる》持っていきましょう」

イルザファ帝国——ブランシュはその名前を聞いて、奥歯をこっそりと噛《か》みしめた。

彼女が今一番、聞きたくない名であり、最近は一番耳にする名だった。

エストライヒ王国の第二王女であるブランシュ・フォン・ウェルヘンは、幼少の頃より その高貴な身分と容姿の美しさから数多《あまた》の求婚を受けてきた。

国益が優先される身分ゆえに政略結婚になるのは間違いがなかったが、王女に釣り合う者となればそれ相応の伴侶が選ばれるはず——誰もがそう思っていた。

ブランシュ本人もいつかよき花嫁となる日のためにと、二十二歳になる今まで外国語や歴史の勉強、チェンバロやハープの演奏、宮廷舞踊やバレエまでも身につけ、生まれ持った美貌も丹念に磨き上げてきたのだ。

ところがブランシュの父王が若く美しい次女の嫁ぎ先に選んだのは、イルザファ帝国のジャリル帝。歳《よわい》すでに四十五歳で、後宮に三人の妻を持つ砂漠の支配者《スルタン》だった。

一夫一妻が当たり前のエストライヒ王国で育ってきたブランシュにとって、一夫多妻というのは簡単には受け入れがたい。しかもジャリル帝の年齢は彼女の父親と同じだった。

「持っていく本も早く決めてしまわないと……」

ブランシュは窓に背を向け振り返ると、天井まで続く本棚を愛おしげに見上げる。

学びを楽しみとした彼女はかなりの読書家で、暇さえ見つけては宮殿内に設《しつら》えられたこの図書室に入り浸ってきた。そんな日々も長くは続かないのかと思うと、茶褐色の瞳が悲しみに揺れる。

ブランシュの結婚が決まったのは二年ほど前だった。エストライヒ王国とイルザファ帝国の同盟が結ばれたその日である。

文化も風習も異なる二国は十年前まで対立し戦争さえしていたのだが、近年は東から攻め入る遊牧民族の脅威に悩まされ、かつての敵同士が手を結ぶことになったのだ。

しかしながら国民たちは先の戦争をまだ生々しく覚えており、内心はイルザファ帝国との同盟をいまだ苦渋している。ゆえに国家の犠牲となるブランシュには、哀れみの目が向けられていた。

「エマ、薬学と自然学の本は全部木箱に詰めておいてね。向こうにも図書室があればいいのだけど……あ、そうそう。私の部屋にある刺繍《ししゅう》の図案集も忘れずに荷物に……」

「ブ、ブランシュ様！　あれを……」

エマの素っ頓狂な声がブランシュの声を遮った。

春の陽気に誘われて窓の向こうに視線を投げていたエマだったが、いまや窓枠から身を乗り出さんばかりの勢いだ。

侍女の尋常ではない様子に、ブランシュも本を抱えたまま窓際に駆け寄る。すると「ブエェ〜」と奇妙な音が彼女の耳に飛び込んできた。

「ブランシュ様、あれは……あのおかしな動物は……」

「駱駝《らくだ》だわ！」

開け放たれた正門をくぐり、宮殿の前庭を駱駝の大群が列となって進んでいた。老婆のように背中の曲がったその獣は数えるのが難しいほどの群れだが、五十頭近くはいるだろう。

軍馬の整った隊列を見慣れているブランシュにとって、駱駝のノロノロとした動きは遠目に眺めても滑稽だった。しかも駱駝たちは荘厳な宮殿を前にして興奮しているらしく、ブェ〜ブェ〜と品に欠ける声で鳴いている。

(この駱駝の群れは……もしかして)

本の挿絵でしか見たことのなかった動物を興味深く観察しながら、ブランシュは駱駝を御する者たちを確認する。

駱駝の大群を従えるのは三十人ばかりの男たちで、皆、頭にぐるぐると長い布を巻きつけ、その布の裾で顔を半分隠していた。

「イルザファ帝国の使者……」

ブランシュがそう呟《つぶや》いた時、開け放たれていた図書室の扉から、年寄りの侍女長が今にもこけそうになりながら飛び込んできた。

「ブランシュ様！　ブランシュ様！　イルザファ帝国からの使いが……」

「ええ、そのようですね。きっと出迎えに呼ばれるでしょうから、身なりを整えておきましょう」

「ああ、ブランシュ様……」

取り乱す侍女長とエマを横目に、ブランシュは自らに王女の威厳を課して背筋を伸ばした。お気に入りの本を書棚に戻すと、大きな瞳を長い廊下のその先にまっすぐと向けて歩きだす。

今日のこの日まではっきりとした輿入《こしい》れの日が分からなかったのは、使っている暦も、言語も、文化も異なる二国間の交渉が困難を極めたからである。

ブランシュは、それほど未知の国に嫁ぐのだ。逃げられるものなら逃げたかった。しかし逃げられない国家を背負った政略結婚。

(とうとうこの日が来た)

もともと青みを帯びるほど白いブランシュの肌が、緊張でいっそう白くなっていく。

小川の流れのような曲線を描く金髪と相まって、今の彼女は夢のなかに住む妖精のように儚《はかな》げだった。

しかし見た目ほどブランシュは弱いわけではない。彼女には運命を受け止めていく強さもあった。

◇　◇　◇

謁見の間。

一段高く作られている玉座の隣に腰をかけたブランシュは、目の前で頭を垂れる男たちをどこか現実ではないように見ていた。

荘厳な部屋に似つかわしくない、大地の香りを纏《まと》う使者たち。紺碧《こんぺき》の衣を着た男を先頭に、五人の代表者たちが部屋に招き入れられていた。

男たちは皆ゆったりとした形状の衣を身につけ、ベルトに彎曲《わんきょく》した刀を差し、頭に長い布を巻いて独特な民族衣装を完成させている。顔を隠していた布は首に巻かれているが、そのために浅黒い肌にギラギラとした眼光が目立ち、周囲を威圧していた。

特に紺碧の衣を纏った男は巨木のような体躯《たいく》で、鮮やかな刺繍が施された生地に包まれた姿は実に迫力があった。

「この度は拝眉の機を賜りまして、誠にありがとうございます」

右手を胸に当て、顔を伏せたまま碧い衣の男が発したその言葉に、ブランシュは思わずピンと耳をそばだてた。

男はエストライヒ王国の公用語を喋《しゃべ》ったのだ。わずかな訛《なま》りはあるものの、聞き取りやすい綺麗《きれい》な発音だった。

「我が名はイルザファ帝国の総軍指揮官、サミル・ムスタファ・パシャと申します。このたび、ジャリル帝の名代としてブランシュ王女のお迎えに参りました」

言葉遣いは遜《へりくだ》っていて丁寧だが、その威厳に満ちた声色は威圧的にさえ感じられた。低いがよく通る声である。

サミルと名乗った碧い衣の男はしばらくうつむいたままの姿勢でいたが、威嚇でもするように一瞬だけ顔を上げた。

ほんのわずかな瞬間であったが力強い眉のすぐ下にある双眸《そうぼう》が見え、ブランシュは「あっ」と小さく声を上げた。

彼の纏う衣と同じ色の虹彩《こうさい》。海よりも澄み、空よりも鮮やかな碧眼《へきがん》──ブランシュはこの瞳を知っていた。

「使者よ。なにゆえに駱駝の大群を伴ってきた？　我が宮殿の美しき庭園が駱駝でいっぱいになっておる」

不機嫌にも聞こえる国王の質問にサミルは再び頭を垂れると、先ほどよりさらに堂々としたよく通る声で答える。

「謹んでお答えいたします。長旅に必要な食料や水、荷物を運ばせるための駱駝です。今回の旅は海路を取らず陸路を行く予定。ゆえに砂漠の横断をすることになり、駱駝は不可欠となります」

「陸路を⁉」

国王の驚いた声と共に、謁見の間に列座していた七人の大臣たちも同様にざわついた。

イルザファ帝国は国土の半分以上が砂漠に占められているが、王都は海に接している。そしてエストライヒ王国の王都は内陸だが領土内に港はいくつかあるので、普通に考えれば帆船で海路を行く方が容易なのだ。

実際に二国間を行き交う商人たちの多くは海路を使っている。

ブランシュもすっかり船旅になる心づもりでいたので、予想外の提案に顔を強張《こわば》らせた。

「なにゆえ陸路を行くつもりなのか？　砂漠は地上の地獄だと噂《うわさ》に聞く。そのような悪路をブランシュ王女が参るなどありえん！」

大臣の一人が顔色を失ったブランシュを慮《おもんぱか》るように声を荒らげた。他の者たちも彼に賛同して口々に反対する。

それらを払いのけるように、凄《すご》みさえ感じるサミルの低い声が広間に響く。

「エストライヒ王国とイルザファ帝国の同盟を快く思わない国は多くあります！　海を隔てた南の諸国が、この婚儀を失敗に終わらせようと動く可能性は高い。残念ながら我々は航海術に長《た》けておらず、ひとたび海上での戦闘となればブランシュ王女を守りきれるかどうか分かりません」

ざわめいていた大臣たちの声が一時的に消えた。

彼のこの意見は否定できないものだった。

エストライヒ王国もイルザファ帝国も、内陸へ内陸へと国土を広げていった国である。それは古くから海を支配してきた南の諸国が手強《てごわ》かったからだ。

「内陸も他国からの妨害が入る可能性はありますが、我々は砂漠の旅に長けています。砂漠で我々に勝てる者はいない。快適な旅にはならずとも、ブランシュ王女の安全を確保することができます」

「しかし駱駝での嫁入りなど、我が国の権威に関わる」

「輿入れがそのように粗末なものだと、ブランシュ王女がまるで捕虜のようではないか」

陸路の利点を説くサミルに次々と大臣たちの声が重なった。

厳しい口調を受けてサミルの背後に侍っている男たちが顔を上げる。彼らはエストライヒ語を理解できなくとも、自分たちの代表者が糾弾されているのは分かるのだろう。

浅黒い肌にギロリと光る視線は獣じみていて、大臣たちを警戒させるには十分だった。

もともと敵対していた国同士の政略結婚なのだ。隠しきれない険悪な空気が濃くなるのは早い。

「我が任務は安全にブランシュ王女を我が国にお迎えすること。旅程には綿密な計画を立て最善の策をお伝えしています」

サミルは胸に手を当て敬意の姿勢を崩さないままだったが、やはりその声はどこか高圧的で、この場をまとめるのは自分なのだという明確な意志を含んでいた。

(この声……)

ブランシュは知らず知らずのうちに前のめりになって男の声に聞き入る。

十年も前の古い記憶を辿《たど》り、かつて聞いた声と同じなのか確かめようとしていた。しかし思い出のなかの声は異国の言葉を喋っており、比べることが難しい。

(もう一度、あの瞳を見ることができたら……)

藍玉のように透明感ある碧い目を——しかし彼は頭を垂れたままだ。

「我が娘の輿入れにふさわしい旅になるよう計らえ。エストライヒ王国の歴史に残るのだ。

みすぼらしいことがあってはならない」

場が静まるのを待って、国王が豊かに蓄えた髭《ひげ》の向こうでそう言った。

彼は不機嫌な表情で近臣に退室を告げると、豪奢《ごうしゃ》な服の衣擦《きぬず》れと共に玉座を立つ。

政治について細かな部分まで口を挟む君主ではないので、あとはよい結果になるよう話し合っておけということだ。

ことの成り行きが気になってまだこの場に留まっていたいブランシュだったが、父王が退室するなら随伴である自分も退室しなければいけない。エマに促されて席を立ちながら、彼女はもう一度サミルに視線を向けた。

「あ……」

ブランシュは思わず小さく声を上げ、歩みを止める。

藍玉を嵌《は》めこんだような目が彼女を見ていた。

視線が絡み合ったその刹那、時が止まったように謁見の間の空気が静まった——少なくともブランシュにはそう感じられた。

この世に二人だけになったかのような奇妙な感覚のなかで、サミルの冴《さ》えざえとした視線が彼女を優しく射貫《いぬ》く。

彼の視線を受け止めた白い肌がぞくりと粟立《あわだ》った。

サミルはすぐに長い睫毛《まつげ》で特徴的な瞳を覆い隠し、再び顔を伏せた。冷たい炎のような視線がなくなると、時が再び動きだす。

「ブランシュ様?」

思わず足を止めているとエマに声をかけられ、ブランシュは取り繕うように小さく笑顔を作ると、見送る者たちに会釈をして謁見の間をあとにした。

◇◇◇

エストライヒ王国の宮殿は広大な庭園に囲まれている。

南庭園の突き当たり、宮殿とは対角の場所に位置するのが裁判所である。

そこの地下は判決を待つ者たちの収監施設となっているのだが、政治犯などの重犯罪者のみを対象としているため、幸いなことに無人であることが多い。

ただしこの場所を例外的に我が家のように使っている存在はあるのだが……。

ゆっくりとした足取りでニレの並木道をやってきたブランシュは、裁判所の厳《いか》めしい建物を目指して進んでいく。

イルザファ帝国からの使者がやってきてもう五日が経過していた。しかし両国の話し合いが折り合わず、出発できずにいる。

イルザファ帝国側はとにかく旅の安全と便宜を優先し、最低限の荷物を駱駝に乗せて旅立つことを主張しているのだが、エストライヒ王国側は王室の輿入れにふさわしい華やかなものを望んでいる。

もうこうなっては国と国の威権に関わる話し合いなので、ブランシュはただ大臣たちの報告を待つしかなかった。

「エマはここで待っていてちょうだいね」

ブランシュが背後を振り返ってそう言うと、付き添っていたエマはほっとした様子で頷《うなず》いた。いつでもどこでも主人に付き従う彼女だが、この場所だけは苦手なのだ。

ブランシュはエマが下げていたカゴを受け取ると、裁判所の入り口をくぐった。裁判の有無にかかわらず、執務に当たる者がいるので扉は常に開いている。

天然石の床を叩《たた》く足音に気がついた警備の兵が顔を向けたが、王女だと気がつくと小さな笑顔と共に道を開けた。

麗しの姫君が一人で来るような楽しい場所ではないが、ここに務める者は皆、彼女の来訪に慣れているのだ。

ブランシュはいつものように長い廊下の一番奥まで行くと、そこから続く地下への階段を慎重に下りていった。

薄暗い場所なので足下には注意が必要だが、階段を下りきると天井に近い場所に設けられた明かり取りの穴からいくらか光がある。

そこは五室ほどの牢獄《ろうごく》が並んでおり、長く無人の状態が続いているため石壁も鉄格子も眠っているかのように静謐《せいひつ》を保っている。

王室に恨みを抱き、処刑されていった政治犯の霊が出るという噂もある場所だが、ブランシュは恐れを感じない。二十二年生きてきたなかで、彼女は生身の人間が一番恐ろしいと結論づけていた。

「出ていらっしゃい！」

ブランシュが石壁に向かってそう言うと、艶《あで》やかな声が反響して冷たい空気を震わせる。

静寂が戻ってしばらくすると、明かり取りの穴から「ニャー」と細い鳴き声と共に、次々と猫が石壁伝いに飛び下りてきた。

「今日はたくさん持ってきたからゆっくり食べてね」

足に体を擦り寄せてくる五匹の黒猫たちを順番に撫《な》でると、ブランシュは手にしていたカゴから山鳩《やまばと》の骨を取り出し、手で砕いてそれを分け与える。

スープを取るために何時間も煮込まれた骨は非常に柔らかく、猫たちは息もつかせぬ勢いで食べていった。

「ゆっくり食べていいのよ」

双眸を細めて猫たちを見守りながら、ブランシュは石棺のような地下牢を改めて見回した。

この場所には何年にも渡って代を変えながら、黒い毛並みを中心とする猫たちが住み着いている。

猫たちは裁判所の地下にうろつくネズミを捕獲したり、庭園の噴水に住むカエルを追いかけたりと自給自足で暮らしているのだが、ブランシュは幼少の頃より柔らかな毛並みを撫でさせてもらう交換条件として、時折ちょっとした残飯を運んでいた。

ちなみに侍女のエマは処刑された政治犯の霊が怖くてここに近づかないわけではない。猫の近くに行くと目が腫れてくしゃみが止まらなくなるのだ。

ブランシュは何度か宮殿で猫を飼おうかと考えたことがあったが、お気に入りの侍女か猫か二者択一となり、結局、野良猫を訪問するという形に落ち着いている。

(彼と会ったのもここだった……)

猫たちを撫でながら、ブランシュは鉄格子の向こう側に視線を漂わせる。

普段はほとんど使われない場所だが、彼女の記憶のなかで一度だけここが猫ではなく人間で満員になったことがあった。

十年前にあったイルザファ帝国との戦争、その時である。

まだ十二歳だったブランシュは、当時から猫たちと会うために侍女の目を盗んでこの場所を訪れていた。宮殿には王族しか知らない隠し通路がいくつかあり、こっそりと外出することができたのだ。

ある日、いつものように猫たちに残飯を与えようと裁判所の地下を訪れた彼女は、猫の住まいであった場所が血と泥にまみれた異国の男たちに占領されているのを目にした。

戦争捕虜たちである。

大規模なものではなかったが、断続的に続いた小競り合いで両軍に多くの捕虜を出した戦いだった。

一般的な捕虜は終戦時に自軍の捕虜と交換で解放されるが、高い官職にある捕虜は身代《みのしろ》金《きん》を要求したり、終戦協定を結ぶ際の持ち札となる。この牢はそんなイルザファ帝国の高官たち十名ほどが、捕虜として収監されていたのだ。

あの日のことを、十年もの月日を経た今もブランシュは忘れたことがない。

（そういえば彼の足はどうなったのかしら……）

記憶を辿るブランシュの足下では、すっかり食事を終えた猫たちが舌を使って丁寧に身繕いをはじめていた。

ブランシュは昔の思い出を振り切るように、猫たちに話しかける。

「また来るわね。エマが待っているから行かなくちゃ」

彼女は五匹の黒猫をもう一度順番に撫でると、地上に続く階段を上がっていった。

警備の兵に会釈をして再び裁判所の外に出ると太陽がいっそう眩《まぶ》しく感じられ、ブランシュは蜂蜜色の瞳を細める。温かな風と共にやってくるスモモの花の香りを鼻孔いっぱいに吸い込み、辺りを見回してエマの姿を探した。

「あ……」

春風が乱す淡い金髪を手で押さえた時、ブランシュの目に紺碧の衣が映った。

サミル・ムスタファ・パシャ――彼は右手を胸に当て、その碧い瞳で彼女をまっすぐに見つめていた。

「お久しぶりです。ブランシュ王女」

「〝藍玉の人〟やっぱりあなただったのね」

「覚えていていただいて光栄です」

空を背負《しょ》って立《た》つ彼は豊かに波打つ碧い衣と相まって、まるで天を切り取ったようだった。

神が落とした男なのだと言われても、ブランシュは信じたかもしれない。彼は碧い衣だけではなく、威厳や品性のようなものも纏っていた。

あまりにも威風堂々としている——ブランシュはそれに気がつくと、獣を目の前にしたような錯覚を覚えて、小さく身震いした。

サミルが威風堂々と見えるのは、実際に彼がそのような雰囲気を纏っているのもあるが、かなりの高身長であることも理由の一つだろう。

イルザファ帝国の男たちはそれほど身長が高くならない体質なのだが、サミルの背は部下たちの頭一つ分ほど高い。身長だけではない。彼の何もかもがイルザファ帝国の標準に当てはまらなかった。

彼の底の見えない澄んだ碧い目や、頭に巻いた布の下から覗《のぞ》く明るい栗色《くりいろ》の髪も、濃い色素を持つイルザファの国民にはない特徴だ。ただ日に焼けた褐色の肌が砂漠の民のそれと一致していた。

「足のお加減はいかがですか?」

ブランシュが少し遠慮がちに訊《たず》ねると、サミルは犬歯をわずかに覗かせて口元を歪《ゆが》めた。

奥歯で何かを食いちぎっているようなその表情がサミル流の笑顔なのだと彼女が気がついたのは、しばらく経《た》ってからだ。

「不便はありません」

サミルは右足を踏みしめて地面を叩き、血肉の通わない足でも器用に動くことを彼女に示した。

サミルの右足は膝から下がない。

丈の長い上着とふくらはぎまで隠れる長靴《ちょうか》を着用しているので一見では分からないが、木と鉄でできた義足で右足を補っているのだ。

ブランシュは今でも克明に覚えていた。碧い瞳の青年が、片足で立ったあの日を……。

裁判所の地下に収監された十名ほどの男たちのなかで、一番若く、一番深い傷を負っていたのがサミルだった。

「あなたにいただいた砂糖菓子の甘さは今でも覚えている……」

サミルがぽつりと言った言葉に、ブランシュは頬を緩ませる。

「あら、あなたが食べたのは一粒だけだったのに」

「あの一粒が生きる力になった。あの時はこの国の言葉を知らず礼を述べることもできませんでした。私はずっとそれを悔やんでいたのです。ブランシュ王女、あの時はありがとうございました」

静かに語るサミルの言葉を聞きながら、ブランシュは古い記憶にある傷つき弱った青年と、目の前にいる逞《たくま》しい男性を重ね合わせていた。

美麗といっても過言ではない儚げな青年の姿はもうそこにはなく、荒々しい人生と戦ってきた厳めしさが彼を被《おお》っていたが、藍玉色の瞳は同じように輝いていた。

◇　◇　◇

猫の餌やりに来て思いがけず捕虜の男たちを見た十二歳のブランシュは、三日後に再び侍女たちの目を盗むと裁判所の地下に向かった。

最初に捕虜たちを見た日はあまりに驚き、恐怖に駆られて全力で宮殿に逃げ帰ったのだが、肌の浅黒い男たちが痩せて怪我《けが》をしていた様子を思い出すと放ってはいられなくなったのだ。

ブランシュは膨らんだ袖に砂糖菓子を目一杯詰め込んで、秘密の通路を進んだ。

言葉が分からなくても、彼らが空腹そうであるのは一目で分かった。

大人たちは戦争をする。殺し合う。その理由を教育係から説明されたが、少女のブランシュには理解できなかった。

敵国の人間であろうと、命あったものが目の前で石のように冷たくなっているのは見たくない、それが十二歳のごく自然な考えだった。

少女ブランシュは庭で捕まえた大きなカエルを裁判所に放つと、見張りの者がゲコゲコと鳴く両生類に気を取られている隙に地下への階段を下りた。

泥と血に汚れた異国の男たちは恐ろしくて仕方なかったが、同じ人間なのだと自分に言い聞かせて勇気を振り絞る。いつもは猫の鳴き声ぐらいしかしない静かな地下牢が、男たちの呻《うめ》き声や呪文のような異国の言葉に満ちているのも十二歳の少女には恐ろしかった。

捕虜たちはブランシュが足音を忍ばせて階段を下りてきたのに気づくと、不思議そうに彼女を見た。

まだ幼い少女にとって、猛獣の入った牢を目の前にするのと同じである。何度か近づこうとしたが足が竦《すく》み、結局ブランシュは砂糖菓子を握りしめると牢に向かって投げ入れた。猫に餌をやるよりも乱暴ではあったが、ブランシュが「食べて」と菓子を食べる仕草をしてみせると、男の一人が紅色の丸い粒を拾って口に入れた。

砂糖菓子を食べた男は何度か頷いて嬉《うれ》しそうな様子を見せると、仲間に声をかける。すると他の男たちも次々に床に散らばった菓子を拾って口に含んだ。

捕虜たちの恐ろしげな表情に笑顔が浮かび、人間らしさが戻っていく。その様子はまるでブランシュが読んでいた本のおとぎ話のようで、悪い魔法で醜い動物に変えられていた者たちが元の姿に戻っていくのにも似ていた。

しかし捕虜のなかに一人だけ菓子を口にせず、悪い魔法がかかったままの男がいた。

彼は背中を丸めて寝ているため、ブランシュからは顔がよく見えない。ただひときわ若い男性であるのは判断できた。

(お菓子、美味《おい》しいのに……)

ブランシュは彼に何か声をかけてみたい気もしたが、まず言葉が通じない。それに衛兵がやってくるかもしれないので、ここに長く留まっていることもできなかった。

「また来るね」

言葉が通じないのは分かっていたが独りごちるように呟いて、ブランシュは地下をあとにした。


この日から少女ブランシュの地下牢通いが始まった。

ブランシュは侍女たちの監視が緩まると母親の菓子入れから中身を抜き取り、秘密の通路を通って庭に出ると裁判所に向かう。

王妃はこの砂糖菓子に目がなく、侍女たちは補充を欠かさない。ブランシュにとっては砂糖菓子が湧き水のごとく出てくる容器だった。

捕虜たちには食事が与えられていたものの、干からびたパンと水っぽいスープの日々だったので、少女がこっそり持ってくる砂糖菓子は大歓迎された。

もちろんお互いに言葉は通じない。しかし右手を自分の胸に当てる彼らの仕草が、感謝や敬意を示していることをブランシュは分かってきていた。

そんななかで横になったままの若い男は、やっぱり砂糖菓子を口にすることはなかった。砂糖菓子だけではない。パンやスープはいつも残され、ハエがたかっていた。

右足をひどく損傷していた彼は発熱で意識が朦朧《もうろう》としている時が多く、食事ができる状態ではなかったのだ。

少し意識がはっきりしている時は、彼は憂いのある目をブランシュに向けた。

彼は不思議なほどに碧い虹彩の持ち主で、その瞳はブランシュをドキリとさせるほど美しかったのだが、瞼《まぶた》を長く開けていられないのだろう。すぐに瞳は洞窟のような深いほりの奥に隠されてしまうのが常だった。

(この人は死んでしまうかもしれない)

少女ブランシュは訪れるたびに衰弱している青年を見て、恐ろしくて堪《たま》らなかった。

骨が見え、おかしな方向に曲がっている右足の様子ももちろん恐ろしいのだが、それよりもこれほど綺麗な瞳を持つ青年の死を傍観したなら、この目は一生自分を苦しめることになるだろうという予感が彼女を怯《おび》えさせていた。

彼を助けたい。見殺しにはできない。そう思うものの、彼女の周りは敵国の捕虜をよく思わない大人ばかりで、誰に助けを求めていいのか分からなかった。

じりじりとした焦燥に押され、最終的にブランシュが助けを求めたのは王族に仕える医師だった。腹痛を偽って医師を呼び出し、頭を下げて具合の悪い捕虜を診てほしいと頼んだのだ。

王族に仕える医師は何人かいたが、幸い彼は医師の本分を知る男だった。

医師はまず危険な存在である捕虜たちに王女一人で会いに行っていたことを咎《とが》め、次に彼らの検診を行うことを約束した。

この時にブランシュは〝もう二度と地下牢に行かない〟と約束しなければいけなかったので、足の悪い青年の身に何があったのか知ったのは約二ヶ月ほど経ったあとだった。

約二ヶ月後、両国が和睦を結んで終戦となり、捕虜はすべて帰されることになった。

それを大人たちから伝え聞いたブランシュは、どうしても最後に碧眼の青年がどうなったのか知りたくて、再び宮殿を抜け出した。

膨らんだ袖に砂糖菓子を隠し、隠し通路を通り、ニレの並木を走り、庭園で捕まえたいくつかのカエルを裁判所の床に放って警備の兵を攪乱《かくらん》し、そのあいだに忍び足で廊下を横切った。

暗い階段を下りきった牢屋に相変わらず男たちはいた。

やってきた時よりはずいぶん体力が回復している様子で、衛生状態もよく保たれていた。ブランシュの寄越した医師が、彼のできる範囲で捕虜の生活環境を整えた結果である。

捕虜の男たちは少女を見ると口々に言葉をかけ、右手を胸に置いた。

ブランシュには彼らが何を言っているのか理解できない。しかし彼らの優しげな表情から感謝されているのは分かった。

そして心配していた青年は命を落とすことなくそこにいた。

右足を失って……。

ひどく損傷していた足は壊疽《えそ》が始まっており、医師は感染症で毒素が体全体に回る前に彼の右足を切り落とすしかなかったのだ。

大きな代償であったが、おかげで青年の命は助かった。

「ご、ごめんなさい……」

しかしブランシュは座っている青年の足がないことに気がつくと、強烈なショックを受け、はらはらと涙を流さずにはいられなかった。

医師を呼ぶことが正しいと思って行動したが、結果、彼は片足を失うことになった。

あるべきものがそこにないという異形はあまりにも大きな命の代償で、十二歳の少女は責任を感じずにはいられなかった。

「ごめんなさい……私、こんなつもりじゃ……歩けなくなっちゃったらどうしよう……」

ブランシュの細い泣き声が地下で悲しく響いた。

誰も彼女に声をかけることができない。共通する言葉を持たなかったこともあるが、少女の流す尊い涙に鉄格子の向こうにいる男たちは皆驚き、見とれていたのだ。

その時、ブランシュは頰に何かが触れたのを感じ顔を上げた。そしてハッと息を呑《の》むと零《こぼ》れる涙をそのままに、碧い瞳に視線を捕らわれた。

鉄格子を頼りに青年が立ち上がり、伸ばした手でブランシュの涙を拭っていた。

彼は少し戸惑ったあと、掠《かす》れた声で一生懸命に何かを語りだす。

もちろんその異国の言葉をブランシュは理解できなかったが、以前の朦朧としていた状態とは異なり、薄暗い地下のなかで青年が輝くほどの生命力に溢《あふ》れているのには気がついた。

鉄格子のあいだから差し出された彼の熱い指先は、壊れ物を慈《いつく》しむようにブランシュの頰を撫で続ける。

「立てるの？　……よかった。それならいつか歩けるようになるかもしれない」

涙声でそう言ったブランシュの言葉に、青年はウンウンと頷いてみせる。二人ともお互いの言葉は分からなかったが、この時は心で会話をしていた。

湿気を帯びて淀んでいた地下の空気だったが、この時だけは澄んだ空気が二人のあいだにあった。

「私、ブランシュっていうの」

ブランシュは青年に訊ねられたような気がして、自分の名前を告げた。

「ブランシュ……」

彼の乾いた唇が開き、ゆっくりと彼女の名を呼ぶ。低いのに透明感のあるその声は崇高に響き、ブランシュの涙さえ乾かしてしまう。

「そう。私たちの国の言葉で〝白〟って意味なのよ。ほら、私の肌って気味悪いぐらいに白いでしょ。あなたの肌は大地の色ね。綺麗で羨ましい」

先ほどまで泣いていたのに、もうブランシュは笑っていた。もともと行動力があり快活な性格なので、一度悲しみが拭われると持ち前の明るさが戻ってくる。

まるで会話が成立しているようにお喋りをはじめたブランシュを、彼は不器用な笑顔で聞いていた。

「あ、そうだ。少しだけどお菓子を持ってきたのよ。上にいる警備の人がカエルを全部捕まえちゃう前に行かないとだめだから、ゆっくりはできないの。侍女たちも今頃宮殿中を探し回ってるわ」

ブランシュはそう言いながら牢の小部屋をまわり、鉄格子のあいだから手を伸ばす男たちに小さな砂糖菓子を配っていく。

「ほら、あなたも手を出して」

ブランシュは鉄格子の内側に手を伸ばし、ぼんやりとしている青年の右手を取った。そして彼のマロニエの葉のように大きな手に砂糖菓子を乗せる。

ところが彼はこれを不思議そうに見ているだけだった。他の男たちはすでに何度か食べたことのあるものだったが、ずっと意識が混濁していた彼は今になって初めて手にしたのだ。

野いちごのリキュールが混ぜ込まれた糖衣は艶やかな紅色で、食べ物に見えなかったのかもしれない。青年は手のひらに置かれた丸い玉を怪訝《けげん》な様子で眺め続けていた。

「食べて。甘くて美味しいから」

彼が元気になったらこの砂糖菓子をあげたいと願い続けていたブランシュは、早く食べてほしくて妙に焦《じ》れる。

そして我慢できなくなった彼女は青年の手のひらから砂糖菓子をひょいと摘まみ上げる

と、手ずからそれを彼の口に押し込んだ。

自分でそうやっておいて、ブランシュは指先に感じた彼の熱くて柔らかな唇の感覚にドキリと心を鳴らす。異国の男性をどこか非現実的に感じていたのに、指先に残った感触は生々しく彼女のなかに浸透してきた。

一方、無理矢理食べさせられた青年は驚いた様子だったが、すぐに小さく口角を上げて頬を緩めた。

「ラズィーズ！」

「ラズィーズ？」

「ラズィーズ」

「美味しい？」

「オイシイ」

二人のやりとりを聞いていた他の捕虜たちも、この初々しい会話に笑みを漏らす。そして「ラズィーズ！」「オイシイ！」とみんなで口々に復唱しはじめた。

肌の色が違う、言葉が違う、文化が違う——しかしこうしてみると同じ人間なのだとブランシュは十二歳のまっすぐな心で感じた。

薄暗い地下が明るく優しい雰囲気に包まれた時だった。上階で床を慌ただしく駆ける音が階段から響いてきて一同は慌てて口を噤《つぐ》む。みんなの声が少々大きすぎたのだ。

すでに階段を下りる音が聞こえてきていて、猫のように明かり穴に飛び上がることなどできないブランシュは見つかるのを覚悟するしかない。

鉄格子の向こうで青年の碧眼が心配そうに彼女を見ていた。

(この人の目はなんて綺麗なんだろう……)

ブランシュは改めて彼の命が助かってよかったと思う。それと同時に、やっぱり片足を失ってしまった若者の将来を憂《うれ》いた。

「あ、そうだ！　これあげる」

ブランシュはふと思い立つと、素早くドレスの襟の中心に留《と》めてあったブローチを外した。花弁型の銀の土台に透明度の高い藍玉が一粒あしらわれた豪華なものだ。

「綺麗でしょ。あなたの素敵な目と同じ色だから、きっとお守りになってくれるはずよ。それに困った時は売ってお金に換えたりできると思うの」

ブランシュは足音の響く階段の方を気にしながら、急いで青年の右手にそれを握らせた。

彼は驚いて何か言いかけたが、二人にもう会話をする時間は残されてはいなかった。

警備の兵がバタバタと階段を駆け下りてきて、悪びれた様子もない彼女に厳しい視線を向けた。

「ごめんなさい。猫を探していたの」

ブランシュは無邪気な少女をよそおうと、ブローチを握ってぼんやりしている青年——サミル——から注意をそらすために自ら警備の兵へ駆け寄っていった。

◇　◇　◇

「あれからエマが侍女としてやってきて、四六時中監視されるようになったのよ」

二十二歳のブランシュは昔を思い出しながら、十二歳の時と変わらぬ無垢《むく》な笑顔をサミルに向けた。

サミルも過ぎた時に思いを馳《は》せ、目の前の女性に少女を重ね合わせていたのだろう。ブランシュがもう少女ではないことに突然気がついたようにハッとした表情を見せると、長い睫毛を伏せた。

「そういえばエマはどこに行ったのかしら……」

あの時、捕虜たちと接触していたと知られたブランシュはおてんばがすぎると両親や教育係に大目玉を食らい、結果、侍女エマが監視役として仕えることになったのだ。しかしエマが同年齢だったこともあり、今は気心の知れた親友のような関係である。

そのエマの姿が消えてしまっている。珍しいことだった。

「あなたの侍女なら噴水の前で庭師の男と話し込んでいたが……」

サミルがそう助言すると、それを証明するようにエマが噴水に続く小径《こみち》から駆け出してきた。

「ブランシュ様！　すみません、私……」

エマはまだ距離がある段階で主人に詫《わ》びながら、大慌てでこちらに向かってくる。途中でスカートを踏んで躓《つまず》くものだから、ブランシュは侍女の滑稽な様子に笑みを漏らさずにはいられなかった。

サミルも同様におかしく感じたようで、全身に木漏れ日を受けながら口元を軽く歪めていた。

ブランシュはそんなサミルを見上げ、これが彼の笑顔なのだとやっと気がつく。

印象の強い三白眼に、まっすぐに伸びた鼻梁《びりょう》、薄くて形のいい唇を持つ彼はハッとするほど整った容姿をしているのだが、そのため無表情でいると冷淡にさえ見える。しかしほんの少し和らいだ表情になるだけで、ずいぶんと親しみやすい印象となった。

（もう少しにこやかにしていればいいのに……）

同時にいつも渋面をしているサミルも悪くはないとブランシュは思う。彼女の周囲は媚《こ》びて愛想笑いをする者ばかりなので、笑いたくない時は笑わない人間というのは貴重なのだ。

「それでは私はこれで。近いうちに我がイルザファ帝国への旅に出ることになります。出発に際してはこちらの要望にご配慮いただけますよう……」

「え⁉　要望って……」

「ブランシュ様！」

サミルの言葉が気になったブランシュだったが、ちょうどエマが彼女の元に到着して二人のあいだを遮った。

サミルはエストライヒ王国風の右足を後ろに引く貴族的な礼をすると、紺碧の衣をふわりとなびかせ踵《きびす》を返《かえ》す。ニレの並木をまっすぐに歩きだした彼は、そこに吹き抜ける風に精錬されているようだった。

（サミル・ムスタファ・パシャ――藍玉の人……）

ブランシュはどこか感傷に似た気持ちを感じながら、心でその名を呼んだ。

彼の名を心で呼ぶほどに古い友達と久々に会い、その友達がもう友達ではないのだと気づくような郷愁を感じた。

ブランシュ自身は明確に気づいていなかったが、昔はなかった男女の壁がそこにはあった。

（今からでも友達になれるはず……）

十二歳の時と同じ気持ちでブランシュはそれを願った。

彼がエストライヒ王国の言葉を勉強し文化に敬意を払っているように、自分もイルザファ帝国の文化や風習を彼から教えてもらいたかった。

（急がなくてもいい……）

ブランシュはそう自分に言い聞かせる。

なにせイルザファ帝国への旅は約一ヶ月半にも及ぶのだから。

第二章　見えない旅路

サミルは〝近いうちに旅に出る〟と言ったが、実際に一行がエストライヒ王国の王都を出発したのは二週間も経ってからだった。旅団を組むにあたり、どのような構成で何を運ぶのか二国間で揉《も》めに揉め、出発が遅れたのだ。

そのあいだブランシュは仲間たちに囲まれているサミルを宮殿や庭園で見かけることはあったが、彼はいつも不機嫌な様子で、彼女を見留めてもムッスリとした表情のまま会釈をするだけだった。

彼の顔立ちは整っているが、同時に鋭い刃物で削りだしたような荒々しさがあり、機嫌の悪そうな時は人を寄せ付けない迫力があった。

時折、彼が別れ際に口にした〝こちらの要望〟が何なのかしっかり確認したいと思うブランシュだったが、話しかけそびれたまま日々が過ぎてしまっていた。

何にせよ、サミルの要望を知ったところで輿入れについて彼女が口を挟む権限などなかった。

気の進まない結婚といえど、だらだらと出発を引き延ばされているのはブランシュの性分に合わない。

侍女長が涙目で「明日、出発になりました」と知らせてきた時は、妙な安堵《あんど》を覚えたほどだった。

一方、ブランシュと同行する三人の侍女たちは、出発の知らせを聞いて涙に暮れた。

もともとは十人の侍女を伴う予定だったのだが、砂漠の横断に女性は足手まといになるとサミルから強い苦情が入った結果、絞られた三人だった。

もちろん三人の侍女のなかにはエマも含まれ、彼女もまた止まらぬ涙に頰を濡《ぬ》らし続けていた。

旅立ちを目の前にすっかり沈み込むエマを見て、ブランシュはうしろめたさを感じずにはいられなかった。

幼少より他国との政略結婚が見越されていたブランシュにとっては我慢していくしかない人生でも、侍女たちにとっては予定していなかった母国との別れとなる。

特に近頃のエマは庭師の男と懇意な様子で、「ちょっと用事を済ましてくる」と言っては庭園に向かっているのを知っていたブランシュは、他人を自分の人生に巻き込むことについて考えずにはいられない。

(向こうの生活に慣れたら、この三人は帰さないと……大丈夫。本も楽器も積んだから、言葉が分からなくても気を紛らわせることぐらいできる)

出発当日の朝、ブランシュは自分にそう言い聞かせ、目を真っ赤に腫らしたエマと共に馬車に乗り込んだ。

国王や后妃も見送りに出てきていたが、子供たちの世話は使用人任せだった両親よりも、ブランシュは二十二年間過ごしてきた宮殿や庭園との別れを惜しむ。

やがて宮中楽団が送別のために勇壮な音楽を演奏しはじめ、馬車は車輪を軋《きし》ませるとゆっくり動きだした。

結局、ブランシュの花嫁行列はエストライヒ王国の要望を大きく呑んで豪華なものとなっていた。

彼女が乗る馬車はふんだんに施された彫刻に金箔《きんぱく》を貼った華やかなもので、壁面には宮廷画家によって薔薇《ばら》や天使が描かれている。腰をかけているベンチも赤いベルベット地に金モールで縁取りされた大変豪奢なものだった。

さらに頭に赤い羽根を飾られた六頭の白馬がこの馬車を引いており、後続には侍女や従者が乗る馬車と紋章入りのリボンで飾られた荷馬車が何台も連なっている。

王都からたくさんの領地を経て属国を通る旅になるのだ。すべてはブランシュのためというより王室の権威を示すためであった。

しかし必死に保とうとするその権威も、駱駝に乗った肌の浅黒い者たちが囲んでいるものだからすべてがちぐはぐで奇異に見えた。

重い馬車が深い轍《わだち》を残しながら前進するほどに、慣れ親しんだ宮殿は遠くなっていく。

ブランシュが名残を惜しんで馬車の窓から少し首を出すと、紺碧の衣をなびかせて駱駝の背に乗るサミルの姿がすぐ近くに見えた。彼が身につけている衣は、戸外では青空と溶けている。

サミルは駱駝を器用に御し、全体に指示を出しながらも常にブランシュが乗っている馬車に目を配っていた。

（え？　あれは……）

ぼんやりとサミルを眺めていたブランシュは、彼の御する駱駝の足下に一匹の犬らしき黒い毛並みの動物が付き従っているのに気がついて、双眸を凝らした。

最初は巨大な犬なのかと思ったブランシュだったが、その動物は犬と言うよりは巨大な猫のようで、ネコ科独特の引き締まった体躯をしていた。

（まさか……ヒョウ？）

ブランシュはヒョウを実際に見たことなどなかったが、漆黒の毛並みを持つその動物は見れば見るほど黒猫を何倍にも大きくしたような姿をしていた。

視線を感じたのだろう。不意にサミルが振り返った。それと同時にまるで主人を真似《まね》るようにクロヒョウらしき動物も振り返った。

「あ……」

ブランシュが思わず声を出したのは、こちらを見た四つの瞳が全部同じ透き通った碧色《あおいろ》だったからだ。

（まるで兄弟みたい）

そう思うとブランシュは馬車のなかで顔を綻ばせずにはいられなかった。

サミルと兄弟のようなこの動物の正体をブランシュが知ったのは、今晩の宿泊先となっている地方貴族の邸宅に到着した時だった。

「そう、こいつはクロヒョウです。連れてくるつもりはなかったが、勝手についてきてしまった」

サミルは駱駝の背中から荷物を下ろしながら、彼女の質問にぶっきらぼうに答える。彼

った。

それでも滅多に宮殿から離れることのなかったブランシュにとっては真新しい一日となんだというのに一日目はそれほど王都から離れていない。

旅が始まったといってもたくさんの荷を抱える一行の進みは遅く、舗装された石畳を進の愛想のなさは旅が始まると、さらに悪化したようだった。

庭先で遊ぶ子供たちの姿。大工たちが家を建てる様子。たくさんの荷物を積んだ商人たちなど、なんでもない庶民の生活を目にした。そしてそのすべてが現実として彼女の胸に飛び込んできたのだ。

ブランシュは二十二歳になるまで、宮殿の奥で飛ぶことを知らぬ鳥のように空を見上げながら過ごしてきた。外界との繋《つな》がりを求めて読書に耽《ふけ》ったが、本で得る知識が増えるほどにこの世のすべてが作り話のように感じられた。

絢爛《けんらん》華麗で満たされながらも、何度も読んだ物語のように決まり切った宮殿での生活。それが輿入れの馬車が動きだした瞬間に、彼女の世界も生き生きと動きだしたのだ。

「どうやらこの世は私の知らなかったことばかりのようね。まさかクロヒョウを飼い猫のように扱っている人がいるなんて、思いもしなかったわ」

クロヒョウだと知ってもブランシュは怯《ひる》まない。

「触ってもいいかしら？」と遠慮なく近づいてきたブランシュを見て、サミルは少し驚きの色を眼差《まなざ》しに湛《たた》えた。

「飼い猫とは違う。私以外には非常に警戒心が強いので、まずあなたの匂いを嗅がせた方がいい」

「私の匂い？」

「そう……手を出して。ゆっくり……」

サミルは躊躇《ためら》いもせずブランシュの手を取ると、二人の手を重ね合わせたままクロヒョウの目の高さに差し出した。

サミルの手が守っていれば嚙まれることがないという配慮なのは分かっていたが、手の甲に他人の熱を感じたブランシュは鼓動が高鳴るのを自覚した。

ほんの少し触れているだけなのに、荒削りで骨張った手なのが分かる。

宮殿で挨拶をする際など異性に手を触れられる時はあったが、サミルの手は彼女が知っている誰よりも男らしかった。

こんなに大きな手なら自由に導いてくれるのかもしれない――そんな儚い夢まで見てしまいそうになった自分を、ブランシュはこっそりと嗤《わら》った。

この大きな手が導く先にあるのは自由ではない。砂漠の先にある後宮に閉じこめられる

生活なのだ。

「名を〝ギナ〟という雄のクロヒョウです。ギナ、こちらは我々がお守りするブランシュ王女だ」

ブランシュの夢想など知らず、サミルは淡々とした声色でギナを紹介する。

ギナはブランシュの手に鼻先をつけて匂いを嗅いだあと、さらに彼女の周囲をぐるぐると回って疑《うたぐ》り深《ぶか》そうな視線で主人の連れを確認した。

サミルはブランシュから手を離すとギナの頭を撫でる。

主人からの愛情を気持ちよさそうに受け止めていたギナだったが、ブランシュが同じように手を伸ばすと首を軽く振って拒絶を示した。彼女を見上げるギナの碧い目はとても友好的とは思えない。

（やっぱりサミルと同じ！）

拒絶されたショックよりも、同じ目の色の主人と無愛想な雰囲気まで似ていて、ブランシュは思わずクスクスと笑った。そんな彼女を一人と一匹が不思議そうに見る。

「ごめんなさい。だって……サミルとギナが似ていて……」

「似ている？」

「ええ、ほら……その怒った感じの表情が……」

たとえ本当に怒っていたとしても、ブランシュから〝怒った感じ〟と言われるのは少々心外だったのだろう。サミルはもともと力強い眉をさらに吊《つ》り上《あ》げた。

「お言葉だが怒りたくもなる。やっと出発できたかと思ったら、亀よりも遅い進みで、これでは我々がこの時期に迎えに来た意味が……」

低い声でサミルの苦情が吐き出された時だった。その声を打ち消すように男女の笑いが周囲に響いた。

何事かとブランシュが振り返れば、三人の侍女を相手に赤い民族衣装を着た大柄な男が楽しそうに話していた。

エストライヒ語を話せるイルザファ帝国の使者はサミルしかいないと思い込んでいたブランシュは、他の者も話せるのかと驚いた。しかしよく聞いてみると赤い衣の男が喋っているのは何ともおかしな言葉だった。

エストライヒ語を適当に真似て侍女たちと会話を試みているのだ。会話になっていかないのが滑稽で、侍女たちが笑っているという有様《ありさま》である。

男は笑われているのも気にせず、人懐っこい表情をくるくると変化させて場を和ませようとしているようだった。

王都を離れるほどに望郷の念に沈んでいた侍女たちにとっては、思わぬ慰みだろうとブランシュも微笑んだ。

「よかった。彼女たちにとってはつらい旅だから……」

「彼は私の補佐をしている副官のバンダルという者です。あの通り私と違って愉快な男ですから、ブランシュ様も旅の気晴らしがほしければバンダルと話せばいい……私ではなく」

予想以上に不機嫌な様子のサミルにブランシュが驚いているあいだにも、彼は背中を向けるとギナと駱駝を連れて野営場所となる庭へと歩きだした。

彼が動きだしたことで屋敷《やしき》の前でたむろしていた他の者たちもあとに続き動きだす。

一方、ブランシュは屋敷から恭しく現れた当主に迎えられ、儀礼的な挨拶を交わすと今晩の寝床となる部屋へ向かった。

◇　◇　◇

この日に限らず、ブランシュはもちろんエストライヒ王国側の侍女や従者は宿泊先となる屋敷に迎えられるが、イルザファ帝国の使者たちは敷地内に天幕を張って野宿をする場合がほとんどだった。

人数が多く収容しきれないという理由もあるが、行軍経験が豊富な彼らは野営での旅に慣れているのだ。

同盟の鍵となる大切な花嫁の護衛としてやってきている彼らは、軍部の精鋭が集められている。軍においての旅といえば目的地への到達を一番に考え、日が落ちるぎりぎりまで前進し、簡素な食事と簡単な寝床で英気を養い、朝は早くに立つというのが常識だった。

ところが宮廷人ばかりのエストライヒ王国側は、旅といえば遊興でしかない。

通りかかる領主に招かれては当然のように立ち寄り、夜は心ゆくまでもてなしを受け、昼近くになってやっと出発するといった具合でゆっくりと領内を横断していった。

こんな両者が旅の進行についてぶつかるのは当然だった。

それは旅が二十日目を越えた時だった。

領主の屋敷で晩餐《ばんさん》を終《お》え、寝室に戻ろうとエマと共に回廊を進んでいたブランシュの耳に、聞き覚えのある低い声が飛び込んできた。

「今までなるべくお前たちの要望を呑んできた！　しかしこんな調子では一番厳しい季節に砂漠を横断することになる！」

姿は見えなくとも、その声が誰のものかブランシュにはすぐ分かった。

サミルの声はもともと威圧的だが、この時は尖《とが》らせた声が床を突き破る勢いだった。

「私がこの国に来た目的はただ一つ、ブランシュ王女を無事に我が国に連れることだ！一日一日の遅れが命取りになる可能性を、お前たちは気にもしていない！」

「駱駝などに乗っている貴殿には分からないだろう。我々王室に勤める者は地方貴族に配慮する義務がある。だいたい忙《せわ》しない旅ではブランシュ様のご心労になるだけだ！」

サミルとエストライヒ王国側の従者が言い争っているのだ。

ブランシュは怒気を含んで呼ばれる自分の名に心を締めつけられつつも、サミルの鬱憤はもっともだと思わずにはいられない。

今晩、宿泊している屋敷の持ち主である地方貴族は大変な権力を持っており、この辺り一帯は国内でありながらも一つの自治国家のような状況にある。王室との関係を誇示しておきたい領主に、今後の親交を深めるためにも三泊か四泊はしてほしいと要請されていた。

大貴族を蔑《ないがし》ろにすることはできない。しかしイルザファ帝国へ向こうという旅の目的から逸脱しているのは明らかだった。

計画性を持って旅程を組んでいるサミルが苛立《いらだ》つのも無理はないと、ブランシュの心は痛む。

（でもこんな喧嘩腰《けんかごし》の話し方では……）

ただでさえ微妙な力関係を保っている両国の使者なのだ。今ここで言い争いをしては、この先さらに大きな衝突に繋がりかねないのは予想ができた。

「ブランシュ様、さあ部屋に戻りましょう」

「いいえ、放っておけないわ」

言い合う男たちの声にすっかり怯えているエマを置いて、ブランシュはドレスの裾をぐっと持ち上げると話し声のする方へ早足で向かった。

エストライヒ王国の従者たちにとってクロヒョウを従え厳しい視線を旅団に向けるサミルは、畏怖と嫌悪の混じり合った対象となっている。

しかしブランシュは旅団の先頭から最後尾までを何度も往復して、いつも完璧に統率しているのが彼であることも知っていたし、重い荷馬車が泥濘《ぬかる》みに嵌まると、泥だらけになるのも厭《いと》わず率先して動くのが彼であることを知っていた。

(サミルがもう少し、穏やかに話し合いをしてくれれば…)

彼の威圧感が少しでも減り、お互いに信頼関係が生まれてくれれば、いかに頼りになる指揮官かエストライヒ王国側の人間にも分かるはずだとブランシュは思う。

言い争っていた男二人はまっすぐ向かってきた王女に少し驚いた表情を向けたあと、儀礼的に会釈をした。

「二人とも大きな声を張り上げるのはやめて下さい」

ブランシュは挨拶もせずに男二人のあいだまで進むと、まずサミルに視線を向け、それからエストライヒ王国の従者に視線を向けた。

「ここはサミルの指示に従いましょう。私たちの旅の目的は一刻も早くイルザファ帝国に到着することです。諸侯の貴族たちへの配慮が大切なのは分かりますが、それは今でなくてもいいことです」

「しかしブランシュ様……」

味方であったはずの王女にそう言われ、面目が潰れた従者は眉をひくひくと動かした。

エストライヒ王国側の従者は良家出身者ばかりだ。従者といえど気位は高い。

そんな従者の様子を横目に、ブランシュは今度はサミルに視線を投げた。

「サミルももう少し私たちの気持ちを汲《く》み取《と》って下さい。エストライヒ語を話せるあなたが友好的でなければ、二国間の溝が深まるばかりです」

ブランシュとしては本当はこんな小言を言いたくはなかったのだが、喧嘩両成敗となるよう両者に意見を言うのが妥当だと考えたのだ。これでこの場が収まり、二人ともが己の悪かった点を省みて反省してくれればとブランシュは願った。

しかしながら、彼女のこの考えは少々楽天的すぎた。

「……私は友達ごっこをするためにここにいるんじゃない」

独りごちるように低い声でそう言ったサミルは、明らかに気分を害していた。

実際のところサミルは両国の緊張を高めないよう、怒鳴り散らしたいところを我慢し続けてきたのだ。それなのに〝友好的に〟などと言われては、堪ったものではなかった。

「この際だから、はっきり言わせてもらおう。この旅での指揮官はこの私だ。姫君だろうと何だろうと、この旅を終えるまでは私の配下にあると思ってもらいたい」

声色は低いままだったが、サミルの言葉遣いは明らかに荒っぽくなっていた。

ブランシュは今まで大げさなほど敬意を示されて生きてきた。彼女の前では誰もが頭を垂れて遜《へりくだ》っていた。サミルのような態度を示されるのは初めてで、彼女は思わず言葉を失う。

「貴様！　ブランシュ様に向かって何と無礼な……！」

「この旅は過酷になる！　無礼であろうと何であろうと、友達ごっこで遊んでいる時間などない！　私は指揮官としての役目をまっとうするだけだ！」

威勢のよかった従者だったが、サミルの怒号に近い声に圧倒されて口を真一文字に噤んだ。

この威圧感のある声一つにしても、サミルは人の上に立つ資質があるのだ。サミルは天にいる軍神が自分を模して作り出したような人物で、それが彼の風格に繋がっていた。

「サミルの言う通りです……今は旅を無事に終えることだけを考えて行動しましょう」

ブランシュは極力穏やかな声で、乱れていた夜の空気を落ち着かせる。

サミルの言葉遣いは乱暴だったが、ブランシュは怖くはなかった。それどころか、遠慮のなくなった彼を頼もしくさえ感じていた。

ブランシュの心には今よりも十歳若い青年のサミルが住んでいる。

目の前のサミルがどんなに不機嫌でも、どんなに傲慢に見えても、「ラズィーズ！」「オイシイ！」と砂糖菓子に目を輝かした青年が彼女に笑いかけていた。

「ここは明日の朝に発《た》つ。そのつもりで」

「分かりました」

ブランシュのしっかりとした返事に満足したのだろう。サミルはごく小さく口角を上げると、右足を引いてエストライヒ風の貴族的な礼をしてから空気を裂くように素早く踵を返した。

回廊を行くすらりとした彼の後ろ姿を見送り、ブランシュは一つ小さな吐息を漏らす。

サミルと対峙《たいじ》していると、いつも独特の緊張感があった。それは決して嫌なものではなく、心臓が少し前に移動するような、全身の皮膚が空気の動きさえ察知するような、高揚感を伴う緊張だった。

そしてサミルが目の前からいなくなると、この緊張感から解放されると同時に寂しさを覚えるのだ。

ブランシュはこの肉体的、精神的な変化が何かははっきりとは分からなかったが、閉じこめられていた宮殿から旅立った解放感なのだろうと思うことにしていた——本能がそう思わなければいけないのだと、気づきだしていた。

「まったく、あのサミルという男は高慢がすぎます！」

サミルが目の前からいなくなってやっと口がきけるようになった従者が、ブランシュの背後で不満の声を荒らげる。

「あの男は荷物が多いだの、時間がかかりすぎだのと口うるさく言いますが、実際のところ大丈夫なのですよ。副官のバンダルがそう申しておりました」

「バンダルが？」

ブランシュはそういえばバンダルがずいぶんとエストライヒ語を話せるようになってきているのを思い出す。とはいっても旅が始まってから即席で覚えただけなので、サミルとは比べものにならない。しかし彼は愛嬌《あいきょう》があってとっつきやすいためか、ここ最近はエストライヒ王国の者たちと話している姿がよく見られた。

「バンダルは〝時間はある〟と申しておりました。我々が荷造りに手間取っていても大丈夫だと声をかけてくれます。あれは愉快でいい男ですよ」

「そう……」

サミルが峻厳《しゅんげん》なリーダーなので、補佐をするバンダルはその反対の方がいいのかもしれないとブランシュは思いつつも、指揮官を無視するような結果になるならよくないだろうと懸念する。

「サミルは無愛想なので誤解されやすいですが、旅の安全を一番に考えてくれています。彼の配下に置かれる幸運を、あなたも含め私たちは認識し直さなくてはいけないのかもしれません」

チクリと諌《いさ》めたブランシュの言葉を聞いて、従者はもう何も言い返すことはできなかった。彼は喉の奥の方で就寝の挨拶をすると、逃げるようにブランシュの前から退出していった。

エストライヒ王国の宮殿にいた頃のブランシュなら、柔和な笑みを浮かべてこの場を取り繕おうとしただろう。

彼女は生まれた時から快活な性格ではあったが、誰かに強く意見をするということはなかった。両親や大臣たち、それに侍女長など、あまりにも彼女を管理する人間が多く、皆が口をそろえて王女としての慎《つつ》ましさを求めたからだ。

しかし今のブランシュは王室という箱から抜け出し、自分の気持ちを言葉にできるようになってきていた。

この旅が彼女本来の姿を引き出していた。

◇　◇　◇

翌日、サミルの指示に従ってこの地をあとにした一行は、それから十日の日数を経てエストライヒ王国の国境近くまでやってきた。

今後は国境を越え、すでに同盟関係にある友好国を通り、イルザファ帝国領内に入る予定である。

国境が山の稜線《りょうせん》となっているためこの日は登坂ばかりの旅となり、重い馬車を引く馬たちはすっかり疲れ切っている。一方、駱駝たちは大量の荷物を背負っているにもかかわらず、疲労を感じさせない様子だった。

これで旅の行程は約半分といったところだが、すでに出発から約一ヶ月近く経過していた。もともと一ヶ月半でイルザファ帝国に到着する予定だったのだから、大幅に遅れている。

この夜は国境沿いにある小さな街に宿泊することになっており、一行は街を上げての歓迎を受けたのち、木々に囲まれた領主館に招かれた。

「この辺りは夕方になると冷えますね」

馬車から下りたエマは、もう初夏を迎えようというのに肌寒い空気に体を縮こまらせた。

「本当に……低地と高地ではこんなに温度差があるものなのね」

エマに続いて馬車を降りたブランシュも、緑深い周囲を興味深く見回しながら頬を撫でていく冷たい風に両手をすり合わせる。

その時、ドレスのスカートに何か押しつけられた感覚がして下を見ると、クロヒョウのギナがドレスに頭を擦《なす》りつけてきていた。

エマはギナを見ると二十歩ほど後ろに逃げる。子猫でさえくしゃみが止まらなくなるエマだから、クロヒョウから逃げ惑うのも無理はない。彼女でなくても大抵の者は怖がるのが常だった。

「あらギナ、どうしたの？」

しかしブランシュはギナを恐れない。一方、当のギナはそう簡単に人間を信用するたちではないらしく、ブランシュが撫でてもいいのかと手を出せば、彼はやはりフンと首を振った。

ギナの目的は何だろうとその碧眼の行方を追ったブランシュは、もう一つの碧眼に気がついた。

(主人の代わりに呼びに来たのね)

ギナの視線の先にはサミルがおり、彼はクロヒョウと同じ眼《め》でブランシュを見つめていた。その視線が〝こっちに来い〟と不遜に告げている。

回廊でサミルが声を荒らげたあの夜以来、彼は自分の立場をより明確に示すようになっていた。この旅団のリーダーは自分なのだという、ともすれば傲慢にも見える態度——それはブランシュに対しても同じで、彼の支配下にいるのだと日々感じずにはいられない。

とはいえエストライヒ王国の宮殿で敬われながらも抑圧された生活を送ってきたブランシュにとっては、サミルが求める軍隊的な紀律はどこか清々《すがすが》しささえ感じた。

〝従っていれば安全は保証する〟ということなのだ。

ブランシュは大きく膨らむドレスを少し持ち上げ、サミルの元に向かう。

彼はブランシュが自分の方にやってくると、自らも一歩、二歩と踏みだし彼女に体を寄せた。

サミルがやにわに腰を屈《かが》めたものだから、彼の深いほりやそこを飾る睫毛が至近距離にあって、ブランシュは思わず見入ってしまう。

そして自分の心臓が肋骨《ろっこつ》を叩きかねないほど高鳴っているに気がついて、慌てて視線を逸《そ》らした。

十年前のサミルと、今こうして彼女の目の前にいるサミル――同じ男性なのにどこか異なるのだと感じると、彼女の心臓は決まって不規則に動きだす。

「話がある。できれば二人きりで……あいだに人は入れたくない」

「え？　今ですか？」

「なるべく早い方がいい」

耳に息がかかるほど近くで囁《ささや》かれ、ブランシュの頬は紅潮したが、彼の声色が楽しい話ではないと知らせていた。


通常、高貴な身分の未婚女性が男性と二人きりになることはない。

自身の貞節を証明するために侍女を同室させるのが習慣なのだが、ブランシュは心配するエマを自室に残し、領主に頼んで用意した客室に一人で向かった。

サミルが〝二人きりで〟とわざわざ言うのはきちんとした理由があってのことだと分かっていたし、王都を遠く離れた今、慣例を気にして縛られている必要もないと感じたからだ。

ブランシュが客室に入り長椅子に腰掛けるとすぐに、サミルが紺碧の衣を翻して入室してきた。彼は眉間に皺《しわ》を一つ入れたままブランシュの斜め前に立ち、長い足を持て余すようにつま先を動かしたあと、一人掛けの椅子に腰をかけた。逞しい体を支えることになった椅子がギギッと軋む。

「あなたはいつも碧い服なのね」

二人のあいだに満ちる緊張を少しでも解そうと、ブランシュが明るく声をかけた。

しかしサミルは引き結んでいた口元をわずかに歪めただけで愛想なく答える。

「昔は嫌いな色だったが、今は気に入っている」

「なぜ？　なぜ昔は嫌いだったのに……」

「……今はつまらない話で時間を割きたくない。本題に入ろう」

サミルがなぜ碧い色が好きになったのかブランシュは気になったのだが、彼は心の扉をバタンと閉めるように話を変えてしまった。

彼の冷淡とも思える態度にブランシュは出かかったため息を喉の奥に閉じこめる。

旧知の仲でエストライヒ語も話せるのだから、ブランシュとしてはサミルともっと仲良くなりたいのだが、彼は明らかに距離を置こうとしているようだった。

「明日は国境を越える旅になる」

「……ええ」

彼女の思いなど知ったことではない様子で、サミルは陰気に拍車をかけた声で話しはじめた。

その重苦しい声に押され、ブランシュは背筋を伸ばす。

「まず結論から言うと、現在あなたが乗っている馬車を含め、すべての馬車や馬はこの街から先に連れていくことはできない」

「え！」

「すべての従者や侍女も同じだ。これより先には連れていけない」

サミルの語った言葉があまりにも信じがたく、ブランシュは笑えない冗談でも言っているのかとぼんやりとしていた。しかし彼の表情は怖いほど真剣で、じわりじわりと彼女を追い込んでいく。

コルセットの向こうで油のような汗が滲《にじ》んだ。

「砂漠の横断は馬車では無理だ。車輪が砂に埋もれて一歩も前に進めなくなる。エストライヒ王国側には何度もそのことを説明をしたが、聞き入れられなかった。要望を呑むまで出発は許さないと言われ、仕方がなくこういう形で出発したんだ」

「でも、そんな……ここまで来て」

「荷物は極力少なく、服装は動きやすく簡素に、侍女や従者の同行は控えてもらいたいと出発前にあなたにも伝えるように言っておいたのだが……」

「何も……何も聞いていません。お父様や大臣たちは私が耳も、口も、考える頭もない女だと思って、いつだって何も伝えてくれません」

ブランシュの脳裏に木箱に詰め込んだ本や、幼い頃から使ってきた楽器など、荷馬車に積んだお気に入りたちがよぎっていった。異国の地に辿りつき、自分の慣れ親しんだものが一つもない環境を想像すると寂しさで泣きたくなってくる。

しかしすぐに荷物だけではなく侍女までも〝これより先には連れていけない〟と言われたのを思い出し、荷物を悲しんでいる場合ではないことに気がついた。

「エマは!? エマも連れていけないのですか? まさか私一人きり……」

「ああ……あの侍女があなたと仲がいいのは分かっているが、連れていけない。砂漠は人の命を簡単に奪う。それでも私が陸路を選んだのは、あなた一人なら守りきれる自信があるからだ。しかし女性二人となると保証はできない」

ブランシュはもう言葉が出なかった。ただ震える息だけが唇のあいだから漏れる。

今まで生きてきたなかで、側仕《そばづか》えの者がいなかった瞬間などほとんどなかった。一人きりになりたいとその存在を疎《うと》ましく感じる時も多かったが、同時に彼女たちがいない生活は想像ができない。

特にエマは肉親よりも心を割って話せる相手で、見知らぬ異国の地でも彼女がいてくれれば頑張れるだろうと、精神的な支えでもあった。

「私一人だなんて……」

「あなた一人ではない。私がいる」

うつむいていたブランシュだったが、彼のその言葉はまるで金色の光のように彼女の内側に入ってきた。

はっと顔を上げるとそこに思いもよらず優しい表情のサミルと出会い、なぜか自分でも分からないまま慌てて顔を伏せる。ドッドッドッと心臓が鳴っていた。

――一人ではない。私がいる。

その言葉を聞くと、本当にサミルさえいれば大丈夫なのかもしれないと思えたのだ。

「旅団から切り離すには今が一番いいんだ。ここからなら安全に引き返せる。永遠の別れではない。侍女も荷物も護衛をつけてのちほど海路で来ればいい」

「……もう、決まったことなのね」

「そう、決定だ」

「……分かりました」

冷静に考えれば絢爛豪華《けんらんごうか》な六頭引きの馬車や山と荷物を積んだ荷馬車が、砂漠を横断できるはずもないのは彼女にも理解ができた。

今日の上り坂でさえ馬たちは泡を吹かんばかりに疲れていたのだ。国境を越えて反対に下り坂が続けば、重い荷を制御し続ける馬たちが足を痛める可能性さえあるだろう。

「乗馬の経験は？」

サミルに訊ねられ、ブランシュはまだ頭が整理できないままに頷いた。

乗馬は特権階級に属する者の嗜《たしな》みとされているので、彼女も宮殿の敷地内で訓練を受けてきていた。

「少しは……」

「ではブランシュ様には、明日から駱駝に乗ってもらう」

ブランシュの返事を聞いて、すかさずサミルが言う。

〝駱駝〟という言葉に顔を顰《しか》めたブランシュだったが、それに構うほどサミルは優しくない。

「馬に乗れるなら駱駝にも乗れるはずだ。服装は今着ているものより簡素なものがいい。今後は友好国といえど他国の領内を通るので、目立つ格好は控えるように。それに荷物は必要最低限にしてもらいたい」

サミルは次々とブランシュに命令を下す。

普段は口数少ないのに、こういう時だけ雄弁な彼の声を聞いていると、ブランシュは沸々とこみ上げてくる怒りを感じずにはいられなかった。

サミルは男性であるがゆえ、侍女の一人も連れずに旅をする困難を何一つ分かっていないように思えた。

ブランシュの腰まである長い金髪は毎日エマによって丁寧に結い上げられているものだし、後ろで紐《ひも》を結ぶコルセットやドレスにしても一人では着用できない。その高貴な身分により、生まれた瞬間から人を使って生きていくように教えられてきたのだ。

（一人で身支度をして、駱駝に乗れだなんて……！）

突拍子もない命令に従わなければいけなくなった己を嘆いたブランシュだったが、ふと日々の身支度を他人任《ひとまか》せなのは不自然ではないかと思い当たって愕然《がくぜん》とした。

（そう……二十二歳にもなるのに、子供みたいに一人で髪の毛を整えることができなくて、一人でドレスを着替えることができない方がおかしいんだわ……）

それは突然、現実を隠していた美しい薄絹が取り払われたようだった。

いつかよき花嫁となるために行儀作法を身に染みこませ、あらゆる勉強を重ね、見目麗しくあろうと心がけてきた。ところが現実は一人で何もできないのだ。

努力をしてきたからこそ自尊心が音を立てて崩れていく。

(でも一人でできる髪型にして、一人で着替えられる服があれば……)

当たり前だが侍女たちは簡素に髪を結い、着脱が簡単な服を着て、自分の支度は自分で済ませている。彼女たちにできるなら自分もできるはず——そう考えるとブランシュの心はぴょこぴょこと奇妙に踊りだした。

「ブランシュ様?」

青くなったり赤くなったりするブランシュを見て、サミルは怪訝そうに目を眇《すが》めた。

ぱっとサミルに向かって顔を上げたブランシュの瞳は金色に輝いていた。

「私、この旅で感じたんです。私はなんて縛られた小さな世界で生きてきたんだろうって。本で得た知識よりも、目で見た風景の方が学びが多かった。宮殿を離れるほどに新しい世界で新しい自分になれるような気がして……国境を越えてまで宮殿の作法に縛られているなんて馬鹿らしいわ!」

彼女の発言にサミルは少なからず驚いたのだろう。鋭い目を大きく見開いたあと、口元をわずかにくにゅっと歪めた。

「さすが、捕虜に菓子を配っていたおてんばな姫君だけあるな」

「あらサミル、私は悲しいし怒っているんですよ。愛着のある荷物も侍女もなく、駱駝で輿入れになるなんて思ってもみなかった。でもあなたを許すわ。あなたなら私を守ってくれるって知っているもの」

そう言うブランシュは笑っていた。この状況を歓迎しているわけではなかったが、どうせなら楽しんでしまおうという豪胆さが彼女にはあった。

「お守りします。我が姫」

そしてサミルもがっしりとした犬歯を見せ、小さく笑っていた。

二人はまるで密約でも取り交わすように視線を交わらせると席を立つ。

明日に向かって歩きはじめたブランシュとサミルは同じ方向を向いていた。


この翌日は混乱と舌戦《ぜっせん》で騒がしい朝となった。

もちろんサミルがブランシュだけを連れて国境を越えると宣言したからである。

従者と侍女たちは口々に王女の体面や安全性などを口にしたが、当のブランシュがすでに腹を括《くく》ってしまっているのだから議論の余地などない。

「あなたたちを連れていくことはできません」

そう主人に宣言されてしまっては、皆、言い返す言葉も失っていった。

しかし皆の前では気丈に振る舞っていたブランシュも、部屋に戻ってエマと二人きりになるとさすがに目頭に涙を溜《た》めていった。

「ブランシュ様が何と仰《おっしゃ》っても私はお供いたします……そのお美しい肌や髪や爪をお世話させていただくのは私の誇りなんです……野蛮な男たちのあいだに、お、お一人になど、できる、はずは……」

荷物を整えながらぐすぐすと鼻を鳴らしながら喋っていたエマだったが、最後の方は止まらぬ涙と嗚咽《おえつ》に言葉も消えた。

イルザファ帝国に行くことは気疎《けうと》くとも、仕えてきたブランシュと離れるなど想像さえせずに仕えてきたのだ。それに金色に輝く主人の髪も、白よりも白いと謳《うた》われる主人の肌も、花弁のような主人の爪も、手入れをしてきたエマにとってこの十年で自分の分身となっていた。

ブランシュから告げられた別れは、エマにとって身を切られるような宣告だった。

「エマ……あなたは自分の幸せを探してちょうだい。私に付き合ってイルザファ帝国で暮らさなくてもいいのよ」

一方、ブランシュの脳裏には、庭園で密《ひそ》やかな逢瀬《おうせ》を楽しむエマと庭師の姿があった。

エマがイルザファ帝国でも侍女として側にいてくれたらどれほど日々の慰めになるかと思う気持ちに変わりはないが、自分と同様もう二十二歳になる侍女が、彼女自身の幸せを見つけなければいけない年齢だというのも分かっていた。

「私は大丈夫だから」

我慢しきれなかった涙をホロリと一粒落とし、ブランシュは心にもない強がりでエマを突き放した。

そして彼女を無理矢理に納得させたあとは、心を千切るような荷物の選別に取りかからねばならなかった。

サミルは表情一つも歪めることなく、五台の荷馬車に山と積まれた彼女の荷物を三つの麻袋に詰め直すよう言い渡してきたのだ。

「これではブランシュ様があまりにもお可哀想《かわいそう》で……」

現在、エマは小さくまとめた自分の服をその袋に詰めている作業中である。

侍女を伴わないと決めた時、ブランシュはどうすれば一人で生活していけるか考えなければならなかった。

今まで着てきた豪奢なドレスは一人で着用できるようには作られていない。それ以前に幾重にも重なった幅広のスカートは、サミルが用意した麻袋に収まらないのだ。

「エマ、私はあなたの服を着ることについてはちっとも悲しいなんて思わないのよ。清潔で機能的で旅には最適だわ」

イルザファ帝国の王都アジュールに到着するまではエマの服を着用する——これがブランシュが辿りついた解決策だった。幸い二人は背丈はそれほど変わらず、エマより少々豊かなブランシュの胸も縛り紐で調節が利く範囲である。

しかし一国の王女ともあろう者が侍女の服に身を通すなど普通では考えられないことで、エマは主人の荷物をまとめながらもその境遇を哀れんで大粒の涙を零し続けている。

ブランシュは象牙細工のような指先でエマの涙を拭うと、もう一度「大丈夫だから」と精一杯の笑顔を作った。

太陽が昇りきる前に出発するとサミルからは言われている。別れを惜しんでいる時間さえ、与えられていなかった。

第三章　さだめ

侍女の服を着たブランシュは母国の者たちに見送られ、隣国に向けて旅立った。

道連れは五十二頭の駱駝と三十名の男たち。彼女を運ぶのは緩衝の利いた優美な馬車ではなく、駱駝の背である。

駱駝の背は傾斜があるため、平行に座れるように鞍《くら》が掛けられている。上下の揺れが大きい乗馬に比べるとそれほどひどい揺れではなく、乗り心地は悪くないとブランシュは安堵して手綱を握った。

彼女の隣では同じく手綱を握るサミルが駱駝を操り、その足下にはクロヒョウのギナが連れ添っている。

薄い瞼の奥にある碧眼が絶えず自分に向けられているのを感じ、彼女は満足に駱駝も操れないと思われては恥ずかしいと、背筋を伸ばした。

一行はまず国境線のある山の頂上を目指すことになった。

山の標高はそれほど高くないものの頂上に近くなるほどに岩場が目立ち、荒れた道をそれぞれの荷物を載せた駱駝たちが進む。

やがて視界を遮るものが少なくなっていき、眼下に広がる絶景にブランシュは山頂まで辿りついたのだと知った。

ちょっとした行楽に出かけたことのあるブランシュだったが、山の頂《いただき》に登った経験などなく、見下ろす風景には心が痛いほどに感動した。

濃淡の緑に彩られた丘陵。天空に続くように伸びる山の峰。遙《はる》か遠くに見える村や放牧地――世界は広く美しい。まだまだ見知らぬ景色がある。

サミルはブランシュを一国の王女ではなく、旅のあいだは一人の女性であるように求めた。それは思いがけなくブランシュの枷《かせ》を振り落とし、今やっと自分の目で世界を見て、自分の肌で清涼な風を受け止め、生きているのだという実感を彼女に与えた。

(あの鳥のようにここから空に飛び立てればいいのに)

餌を探しているのだろう。低い高度で飛ぶ鷹《たか》を見て、ブランシュはそう思わずにはいられない。

もっと世界を知りたい。一人の女性として生きる楽しさを味わってみたい――しかし現実は一歩進むごとに後宮での生活が彼女を待っているのだ。

「どうかしたか？」

空を見上げるブランシュにサミルが声をかける。

「いえ……何も」

ぎゅっと唇を強く閉じ、ブランシュはこれ以上、余計な言葉が漏れ出るのを防いだ。

サミルなら自由を与えてくれるのではないか――自信に満ちあふれ、堂々たる彼を見ていると、ブランシュはやっぱりそんな馬鹿な幻想を思い描きたくなるのだ。

「予定よりも遅れている。疲れていなければもう少し先まで進みたいが……」

「ええ、このまま進んで大丈夫です」

とっさに強がってそう言ったものの、ブランシュは駱駝の背で揺られるほどに体の芯がぐにゃぐにゃと緩み、内臓が捻《ひね》られるような感覚が強くなっていた。

乗馬経験があるとはいえ、これほど長時間に渡って動物の背で揺られるのは初めてだった。いくら素晴らしい景色に囲まれているといっても、肉体的な苦痛は容赦なく彼女を苛《さいな》んでいた。

「それでは出発しよう」

サミルはいつもの鋭い目でブランシュの様子をしばらく覗《うかが》っていたものの、旅の予定を重視して旅団に出発の指令を出した。

一同は印なき国境線を越え、隣国へと踏み込む。ここからは一転して下り坂で、駱駝の揺れはさらに激しくなっていった。

（気持ち悪い……）

駱駝の背の上で揺られるほどに、ブランシュの喉の奥では酸っぱいものがこみ上げてくるようになっていた。

それに脚の付け根辺りが焼けるように痛い。脚を広げて座り続けるという経験がないので、股関節が悲鳴を上げているのだ。

（一旦止まらなくては……）

自分の限界を感じ、サミルに声をかけようとするが、声を出そうとすると吐き気が襲ってきた。

一国の王女ともあろう者が男たちの前で嘔吐《おうと》するわけにはいかない――そう歯を食いしばったが、生理現象は無情だった。

ブランシュは駱駝の上から身を乗り出して、地面に胃液を吐き出す。

すぐ近くでサミルが全隊に声をかけて前進を止まらせるのを感じながら、ブランシュは恥ずかしさで顔が上げられなかった。

二十二年間生きてきて人前で嘔吐するなど初めてのことで、王女としての矜持《きょうじ》までも地面に吐き出してしまったような感覚に、自分を責めずにはいられない。

「ブランシュ様」

クロヒョウを伴った紺碧の衣が近寄ってきたかと思った時には、ブランシュの腰は鞍から持ち上がっていた。

「やめっ……」

服は汚れていないものの、今は自分に注意を向けてほしくなかった。見えない存在として放っておいてほしい――それなのにサミルは軽々とブランシュを肩に担いで歩きだす。

「やめて下さ……」

抵抗しようとするものの、声を上げればまた吐き気がやってくる。羞恥心で嘔吐が中途半端となったので、まだ胃が捻《ねじ》れるように不快だった。

サミルは無言のまま早足で隊から離れると、ブランシュを担いだまま灌木《かんぼく》の陰に向かう。男たちの視線が届かない場所まで来て、彼はやっとブランシュを下ろした。

「そんな窮屈そうな服を着ているから……ったく」

「え……」

「深呼吸をして」

何が起こっているのか理解できないまま、ブランシュは着ている上着が左右に開かれ、露《あら》わになったコルセットの結び紐が解かれていくのを見ていた。

コルセットの下はごく薄い絹のシュミーズで、肌を隠す役割をほとんど果たしていない。

ひんやりとした空気が胸の膨らみを撫でていく。

「空気を吸って……ほら、少しはマシになっただろう」

ブランシュは何も考えられないまま、ただサミルの指示に従って新鮮な空気を肺に送り込んだ。

木漏れ日を受けて白さがいっそう輝く彼女の胸が大きく上下する。コルセットを緩めるとずいぶんと呼吸が楽になったものの、まだ胃のむかつきは収まっていない。

「ごめんなさい……私、まだ気持ち悪くて……」

情けない姿をサミルに見られたくなくて背を向けたが、彼はブランシュの側を離れようとはしなかった。それどころか彼女の肩を抱き、自分の方に引き寄せる。

「我慢しないで全部吐いてしまった方がいい」

骨張った男の指がブランシュの桃のごとく柔らかな唇に触れた。

驚いたブランシュが顔を上げた瞬間、サミルの指は彼女の唇のあいだを割り、その奥に隠れる舌をなぞる。そして彼女の体を後ろから抱え込むと同時に、男らしい指がぐっと力を込めて舌を押した。

その刹那、嘔吐の反射が起こってブランシュは否応《いやおう》なく胃のものを灌木の根元に吐き出した。

今度は胃が空っぽになった感覚があって、気がつけば胃が新品に交換されたかのように長時間の嘔気《おうき》が消えていた。

「ほら、出してしまった方が楽になるだろ」

サミルの言う通り確かに体は楽になった。しかし思考がしっかりと動きはじめた分、ブランシュは羞恥に襲われていた。

体調を改善するための行為だったとはいえ、サミルの指によって嘔吐を誘引されたのだ。吐いている姿や吐瀉《としゃ》物を彼に見られてしまった事実が恥ずかしくて、情けなくて、ブランシュの頬に一筋の涙が伝う。でもめそめそと泣いている姿を見られるのも嫌で、彼女は体を捻ってサミルから離れようとした。

しかしブランシュはその場から一歩も動くことはできなかった。

「大丈夫だ……大丈夫だから……」

サミルの長い腕がぐるりとブランシュに巻きついて、恥じらう彼女の逃亡を防いでいた。ブランシュの頬にぴたりとサミルの胸部が押しつけられる。

服の生地越しだというのに、サミルの心臓が直接顔に当たっているようだった。熱く硬い肉がドッドッドッとブランシュの顔のすぐ隣で規則的に脈打っている。

「あなたはよく頑張っている。駱駝は大きく揺れていないように感じても、けっこう左右に揺れているんだ。初心者が酔うのは当たり前なのに、私の配慮が足りなかった……」

サミルは逞しい体軀でブランシュを包むように抱きしめ、離そうとはしない。

背中に回された彼の手は上下に動き、ブランシュを不器用に労《いたわ》っていた。それはちょうど子守など知らぬ男が、小さな子供を慰めるのにも似ていた。

（落ち着く……）

サミルの力強い鼓動を肌で感じるほどに、ブランシュは気持ちが凪《な》いでいくのを感じた。緊張していた体から力が抜け、サミルにすっかりもたれかかると、ますます心地よくて思わず瞼を閉じる。

雲をかき混ぜるような風が通り抜け木々がざわめいたが、二人は何も語らずただ体を寄せ合っていた。

ブランシュは今この瞬間に感じている心地よさと、体の隅々に届く甘やかなな痺《しび》れのようなものは何なんのだろうとぼんやり思う。自分の長い髪をサミルが指に絡ませて弄んでいるのを感じると、ぷくぷくと幸せが泡立つように膨らんでいった。

「吐いた分、少し水分をとっておいた方がいい」

サミルが少し体を動かしたので、ブランシュも慌てて彼から重心を移動させる。しかしすぐに大きな左手がやってきて、ブランシュを元いた場所——サミルの胸元に戻してしまった。

彼は左手でブランシュを抱き寄せたまま右手で水筒を取り出し、彼女にそれを手渡す。

「一気にたくさん飲まずに少しずつ……」

水はそれほど冷たくなかったが、胃酸でヒリついた喉を優しく癒やしてくれた。ブランシュはサミルに言われた通りゆっくりと喉を潤していく。

胃がすっかり落ち着いたのを感じて顔を上げると、藍玉色の瞳が彼女を捕らえた。

この時、世界が二人だけを置いて時を止めた。

木々のざわめきは止まり、鳥は羽ばたきをやめ、風は羽衣のように二人を優しく包んだ。

もちろん実際に時が止まったわけではないのだが、サミルの深海に沈んでいる宝石のような瞳に見つめられると、ブランシュはそう感じるのだ。

(謁見の間でもそうだった……何かを奪いにくるような瞳……)

ブランシュは怖くなって瞼を閉じる。しばらくそうして再び顔を上げると、やはりサミルの瞳にぶつかった。

彼は何も言葉を発しないままブランシュを切ない目で磔《はりつけ》にし、水で濡れた彼女の唇を

指の腹で撫でる。

唇に男らしい指を感じながら、ブランシュは彼の喉仏が飢えるようにぐりっと動いたのを見た。

「サミル……」

自分でも何を言いかけたのか分からない。何かとても大切な、しかし言ってはいけないことを声にしかけたような気がして口ごもる。

ブランシュの途切れた声はとても悲しく響き、二人のあいだで留まっていた空気を揺らした。

魔法が解けたように不意にサミルは視線を外すと、小さく息を吐き出したあと軽く咳払《せきばら》いをする。

「服は……あまり強く結ばない方がいい」

掠れたその声にブランシュはハッとして、はだけた胸元を掻《か》き合わせた。

結び紐が緩められてずれたコルセットからは、薄絹に包まれたパン生地のような乳房がはみ出てしまっていた。陽光によって胸の先端まで透けてしまっている乳房に、ブランシュは慌ててサミルから背中を向ける。

大急ぎでコルセットを整えていると、すぐに背後でサミルの声が追いかけてきた。

「我が国の女性たちはそんな窮屈に体を締め上げたりはしない。まだまだ旅は長いんだ。楽な格好をした方がいい」

「これは侍女の服なので動きやすく楽な方なんです……あなたの国の女性たちはどんな服を着るのですか?」

サミルの言う通りにコルセットの紐を緩めに結びながらブランシュは何気なく訊ねる。

何気なく訊ねたはずなのに、サミルの隣に薄衣《うすぎぬ》を纏った肉感的な美女を想像してしまい、心の隅がチリリと焦げた。

「我が国の女性たちはゆったりとした衣を纏い、体の線を隠す。肌や髪を晒《さら》すのは結婚した相手だけだ」

「結婚した相手だけ……一夫多妻だというのに妻には厳しく貞淑を求めるのですね」

ブランシュの声に少し険が混じった。

エストライヒ王国では女性は大きく開けた胸元に首飾りを着け、髪も長く伸ばして趣向を凝らす。肌をむやみに晒したいわけではないが、お洒落《しゃれ》を楽しむ文化に慣れたブランシュにとって、肌のみならず髪まで覆い隠すというのは貞淑さの強要にも感じられた。

「我が国では女性の肌や髪は〝至高の宝石〟だと言われている。隠すのは貴重で大切なものだからだ。それ以前に、ゆったりとした服は我が国の気候に適しているし、頭を布で被《おお》うのは砂埃《すなぼこり》を避ける意味が大きい」

サミルの言葉を聞きながら、ブランシュはこの背の高い男はいくつの〝至高の宝石〟を目にしたことがあるのだろうかとぼんやりと考えていた。三十歳は越えているであろうサミルなら、イルザファ帝国の文化に従って妻が何人かいてもおかしくはない。

「サミルは……」

――結婚しているの？　そんな簡単な質問に声を詰まらせた時、二人の傍らに座っていたクロヒョウのギナが太い尻尾でバタンと地面を叩いた。

二人が反射的にギナの視線を追うと、灌木の向こうから副官のバンダルが顔を覗かした。灌木の奥に消えた二人の様子を見に来たのだろう。バンダルは地面にほとんど吸い込まれた吐瀉物にちらりと視線を送って顔を顰めると、イルザファ帝国の言葉でサミルに声をかけた。

すぐにサミルは立ち上がっていつもの厳しい表情に戻ると、副官に指示を出す。

つい先刻は戸惑うほどに見つめられていたのに、碧い衣を翻したサミルはもうブランシュと視線を合わせようとはしなかった。

駱駝に乗り慣れていなかったことから、男たちの前で醜態を見せてしまったブランシュだったが、結果的にこれがきっかけとなって旅はずいぶんと楽なものになった。

サミルの駱駝に二人で乗ることになったのだ。もちろん〝これ以上、旅を遅らせるわけにはいかない〟という彼の指示であった。

取りつけられている鞍の形状から二人はかなり寄り添う形となり、最初はその距離の近さに緊張しきっていたブランシュだったが、背中に感じ続けるサミルの胸部はあまりにも逞しく、温かく、頼りがいがあった。

今までは歯を食いしばっていた旅だったのに、ブランシュは最高級のゆりかごに揺られているかのように、手綱を握るサミルの上腕に頭をのせてうたた寝をしている時が多くなった。

◇　◇　◇

この日、ブランシュがやっと目覚めたのは、一日の仕事を終えた駱駝たちがすべての荷物を下ろし、眠りについた頃だった。

(ここは……)

瞼を開けると波打つ布が頭上を被っていて、天幕のなかにいるのだとすぐに気がついた。記憶を辿れば駱駝から下ろされ、サミルに横抱きで寝床まで運ばれた覚えがあった。歩かなければと思ったが、彼があまりに難なく自分を運び出したので、眠気に任せてしまったのだ。

天幕の内側には絨毯《じゅうたん》が敷かれ、たった今ブランシュが起き上がった場所には柔らかな毛皮で居心地よく寝床が設えてある。

現在、一行が通過しようとしている場所はエストライヒ王国とイルザファ帝国に挟まれた弱小国である。

この国は長年、両国の顔色を覗う立場にあり、通過することに大きな不安はなかったが、自国と同じ感覚で諸侯に宿泊先を求めることはできないので天幕で夜を越すことになっていた。

(庭の東屋《あずまや》みたい)

ブランシュはふと宮殿の庭にあった東屋を思い出し、密度の濃い睫毛をしばたたかせた。

夏になると涼を求めて本と共に東屋で過ごすことがあったブランシュだったが、主人の白い肌を気遣って日射《ひざ》しの強い日は侍女たちが柱と柱のあいだに布を張った。そんな何気ない日々がとても遠く感じられ、郷愁がこみ上げてくる。

(もう一人なんだからしっかりしないと……)

望郷の涙を心に封じて、ブランシュは前屈《まえかが》みで立ち上がる。その途端に股関節がギチギチと嫌な音を立てて、彼女は顔を顰めた。

サミルに体を任せている分ずいぶんと楽にはなったが、やはり慣れない姿勢で過ごすので体が悲鳴を上げている。ブランシュは痛みを堪《こら》えぎくしゃくとした動きで天幕の出入り口部分に辿りつくと、布を左右に開いた。

そこには赤いランプの光に照らしだされた厳粛で美しい夜があった。

大小いくつもの天幕が木立のあいだを埋め、さらにそのあいだを丸くなって休む駱駝たちが埋めている。天幕から漏れだした男たちの寝息が、星のない闇夜に溶けていた。

「あっ……」

ブランシュが天幕の外に一歩踏みだそうとすると、つま先に柔らかなものが当たった。

驚いて目を凝らすと、毛布に包《くる》まった大柄な男と闇と一体になっているクロヒョウが天幕の出入り口を塞ぐように寝転んでいた。

(サミル……)

クロヒョウと寄り添って眠る男などサミルぐらいしかいない。

すぐに女一人となった旅の護衛として、こんなところで就寝しているのだと思い当たった。

サミルは寝息も立てずにぐっすりと眠っているように見えた。ブランシュはランプの揺れる光に浮き上がった端整な男の顔を、まるで初めて見るように眺める。

貝のようにつるりとした瞼を閉じて眠るサミルはいつも頭に巻いている布を取り払い、それを丸めて枕代わりにしていた。

彼が亜麻色の髪色をしているのはいつも耳の側からはみ出ている髪で知っていたが、輪郭を被う豊かな髪は、ブランシュの想像を大きく超えて艶やかで美しかった。それにいつも布で隠されている額が長い髪のあいだから見え隠れしており、豊かな睫毛と相まって彼を幼い印象にしていた。

〝至高の宝石〟——ブランシュは昼間、彼に聞いた言葉を思い出す。イルザファ帝国では女性の肌や髪をそう表現するそうだが、日中は隠れているサミルの光沢ある髪や碧い目もまた〝至高の宝石〟なのではないかとブランシュは思う。

クロヒョウのギナはブランシュの視線に気がついて、水晶のような目を彼女に向けていた。

ギナが主人を起こさぬようのそりと動くと、その下から金属で補強された木の棒が現れる。

サミルの右足である。

彼が義足であることを知っているはずのブランシュでも、下穿《したば》きから突き出たそれが義足だとはしばし気がつかなかった。それほどまでに彼の動きは自然なのだ。

（この脚で旅を……）

サミルが右足を失った経緯を知っているだけに、今こうして力強く大地を踏みしめて進む姿を目にできることは感慨深かった。

ブランシュはほとんど無意識に、その血肉通わぬ右足にそっと触れた。

「眠れないか？」

突如、闇夜に低い声が響き、ブランシュはビクリと手を引っ込めた。

寝ていると思い込んでいたサミルが瞼を深い二重に起こして、彼女をまっすぐに見つめていた。

「て、天幕は快適ですが、昼間にたくさん寝たので……」

こっそりと彼に触れようとしていたのが恥ずかしくて、ブランシュは闇のなかで慌てる。

サミルはそんな彼女に小さく頷き、ゆっくりと体を起こした。静穏な闇に微《かす》かにギギッと彼の右足が鳴り、そこにある無機質な存在を知らせる。

「夕食に作ったレンズ豆のスープが少しある。口に合うかは分からないが、腹にものが入ればまた眠れるだろう」

サミルは立ち上がると、木の枝にぶら下げてあったランプと銀でできた筒を持って戻ってきた。彼は慣れた様子でランプの炎を手近にあった木の枝に移し、手早く小さなたき火を作る。

「そのランプは不思議な形をしているんですね。我が国では見たことがありません。それにとても光が強い……」

ブランシュはサミルがたき火でスープの入った容器を温めるのを見守りながら、彼が持ってきたランプに興味を惹《ひ》かれていた。元来、好奇心旺盛な性格なので、見慣れないものに対して関心が強いのだ。

金属でできたランプは涙型をしており、引っかけて使えるように長い取っ手がついている。太い撚《よ》り紐の先端で輝く炎はかなり明るく、蠟燭《ろうそく》の灯《あか》りを見慣れているブランシュにとっては驚くほど強い光源に感じられた。

「このなかには我が国で〝燃える水〟と呼ばれる油が入っているんだ。地下から湧き出る油で、植物や動物から取る油よりずっと簡単に手に入れられて火力も強い。王都アジュールでは燃える水を蓄えているから、庶民も灯りには困らない生活をしている」

「燃える水……魔法みたいな水ですね」

「イルザファ帝国はエストライヒ王国とは趣が異なるが、あなたなら楽しく暮らしていけると思う」

「……サミルが育った国をもっと詳しく知りたいわ」

ブランシュはそう言ってから、漏れ出てしまった本心にぎくりと表情を硬くした。

（私は何を……）

〝サミルが育った国をもっと詳しく知りたい〟というのは他でもない、〝サミルのことをもっと知りたい〟と言っているのも同じなのだ。

知るべきは夫となるジャリル帝なのに、現実に迫る結婚については考えるのを拒否する自分がいた。

サミルとジャリル帝のことを同時に考えようとすると、心臓が捻れるように痛くなる。

「容器の底が熱くなってるから……」

ブランシュの言葉には何も応えず、サミルはたき火で温めた銀の筒を頭に巻いている布で被ってブランシュに手渡した。

鼻孔に美味しそうな匂いがやってきて、ブランシュは自分が空腹だったことに気がつく。

ゆっくりと口をつけると、甘くまろみのある味が口腔《こうこう》に広がった。煮込まれて形のなくなった豆は食べやすく、旅で疲れた胃に優しく沁《し》みていく。

「美味しい……」

「……イルザファ帝国には旨《うま》いものもたくさんある。それに砂漠ばかりの国だと思われがちだが、王都周辺には緑も多いし海だって見える。特に夜は街の灯りが点《とも》って美しいんだ」

サミルはイルザファ帝国の紹介をぽつぽつと語ったが、ブランシュは何と言っていいか分からずただ頷いていた。

ブランシュが知りたいのはイルザファ帝国のことよりもサミル自身のことだった。

サミルがどんな家に住み、どんな暮らしをして、何を好んで食べ、何を大切に思うのか知りたい。

彼のことを知りたいと思うこの欲求に何と名付けるべきなのか、ブランシュには分かりはじめていた。

幼い頃から政略結婚が予定され、男女の恋愛など夢にみることさえ許されなかったブランシュだが、図書室にある本のなかでは時折〝愛〟について語られていた。

夜空に視線を投げ、濃藍の闇にちりばめられた星々を眺めていると、自分の頭上に目に見えぬ〝愛〟という感情が降り注いできているような気がした。しかしブランシュは両手を広げてそれを受け止めることはできない。受け止めたところで、打ち捨ててしまわなくてはいけない感情なのだと分かっていた。

無言でいる彼女の心中を慮ったのだろう。サミルは気遣う様子で柔らかく言葉を続けた。

「ジャリル帝は私の兄だ。十一歳離れているがひととなりはよく知っている。王としての品格があり、厳格な性格だが優しい面もある……他国から嫁いできた姫君を邪険に扱うような人ではない」

「兄⁉　それではサミルは皇族なの？」

サミルの話を聞いたブランシュは、スープをごくりと飲み干して思わず声を大きくした。サミルがまさかそんな高貴な身分にある者だとは思いもしなかったのだ。

「皇族といっても私は末席にいる変わり種だ……先王は八人の妻を持ったので子も多い。たくさんいる王子のうちの一人に過ぎない。特に私の場合は皇族から除外されてもおかしくなかった」

「なぜ？」

ブランシュは消えかけていくたき火から体を離し、サミルと向かい合う。

今晩だけはジャリル帝ではなくサミルと向かい合うことを許してほしいと、夜空に願った。

サミルは闇を映して濃くなった碧眼を細め、少し戸惑った視線をブランシュに送る。言葉を続けていいものかと躊躇うように、形のいい唇を何度か開けかけては閉じ、ブランシュの視線に急《せ》かされる。

二人のあいだに小さな静寂が漂ったあと、彼はいつもの低い声で話しはじめた。

「私の容姿はイルザファ帝国の国民としては変わっているんだ。我が国の者たちは皆、色素が濃い。髪の色や目の色は黒いのが普通だ。だが私の髪や目の色は西の国の者たちと似ている……」

「ええ……」

それはブランシュも以前から気になっていた点だった。

イルザファ帝国の民族性は強く、それは体にも特徴的に出ている。黒々とした頭髪や体毛、虹彩は黒か深い茶色で、肌は土色——碧眼に茶褐色の髪色を持つサミルがかなり異質な存在であることは、イルザファ国民でなくとも分かる。

「第四夫人だった母が、西の国から来た商人と密通してできた子だと私はいわれている」

そう出生の秘密を告白したサミルは、闇だまりに視線を漂わせながら奇妙な笑みを浮かべていた。それはどこか泣くのを我慢しているようにも見える微笑みだった。

ブランシュは揺らめく炎に浮かび上がる彼の横顔から目が離せずにいた。

口元を少し歪め、冷笑的な表情を浮かべる彼を、儚げで美しいとさえ思う。同時にその美しさは、サミルが今、硬い鎧《よろい》に被っていた純真無垢な心を露わにしているせいなのだと気がついた。

「母は私を産んで数日後に死んだんだ……人づてに聞いた話では、私の命と引き換えに自ら毒を飲んだと……碧い目の子供を産んだばかりに……」

サミルの声はたどたどしく、いかにこの話を誰にも話してこなかったのかを示していた。

ブランシュは彼が言葉を吐き出すほどに少年の泣き声を聞いているような気がして、堪らずに腕を伸ばすと彼の手の甲に触れた。

サミルの手は柔らかな指の感触にぴくりと揺れたが、それを拒否しようとはしなかった。

「先王は母の命で満足したのか、私を殺《あや》めようとはしなかった。ただ剣を持てる年齢になると私を軍隊に放り込み、存在など忘れたように振る舞っていた。私は長いあいだ親なし子のような状態だったんだ……」

サミルはブランシュを見ずに、ただ小さなたき火がゆっくりと炎を小さくしていくのを見ていた。正しくは、彼が見ているのは大きすぎる剣を与えられた幼い頃の自分だったのだろう。

揺れる炎に浮かぶ彼の表情は痛々しく、ブランシュは彼の手の甲をゆっくりと撫でる。それはちょうど彼女が駱駝に酔った時に、サミルが背中を撫でたのと似ていた。

夜の静寂は花が咲くような美しさがあり、二人の密度を高めていった。

やがてサミルの手がわずかに動くと、ブランシュの手を握った。二人の指は言葉を失った生きもののようにゆるゆると動き、絡まり合い、互い違いに重なってぴったりと収まる。

サミルの手に対してブランシュの手は小さすぎたが、五本の指は互いに摑《つか》まり合うために存在するのだといわんばかりにしっかりと抱き合い、二人を繋げた。

この夜が永遠に続けばいいとブランシュは願う。

この恋を永遠に続けたいと願う。

しかし夜は残酷に時を進めていた。

「先王が亡くなったのは私が十七歳の時だった。兄は王位に就くと、〝サミルは弟だ〟と宣言してくれた。初めて家族ができたんだ……兄、ジャリル帝は情のある人だ。だから私は……彼に仕えていきたい」

そこまで話し終えると、サミルは一度ブランシュの手をぎゅっと強く握ってから、五本の指を彼女から引きちぎるように離した。

サミルは義足をわずかに軋ませて立ち上がると、ブランシュから数歩離れて立ち止まる。

振り返った彼の表情は闇に沈んで見えない。

ブランシュはサミルからも自分の表情が見えないようにと、わずかに顔を背けた。あの冴えた碧眼で見つめられたなら、今、自分が誰に心を奪われているか、彼は気づいてしまうだろうと恐れたのだ。

これ以上、闇が濃くなっていくこの場所で、サミルと二人でいてはいけない——そう思って立ち上がると、彼女の動きに驚いたのか、ギナも続いて立ち上がり「グルル」と短く鳴いた。

額をスカートに押しつけてきたので撫でてもいいのかと手を出したが、やはりギナは首を振って彼女を避ける。

「ギナはあなたのことを気に入っているが、少し照れ屋なんだ」

相棒のつれない態度をサミルが釈明したと同時に、小さくなってきていたたき火の炎が消えた。

「おやすみなさい……」

ブランシュは夜に怯える子供のように、サミルに背を向けると天幕に戻る。

この夜、サミルの指の感覚は朝方まで彼女の手に残っていた。

第四章　恋は静かに降り注ぐ

――降ってきたか。

サミルは灰色の空を見上げ、落ちてきた大粒の水滴を頬から拭った。

用意してあった防水布でブランシュを頭から被うと、駱駝の上でうたた寝をしていた彼女が不思議そうに彼を見上げる。

目覚めても胸に預けられた彼女の上半身はそのまま同じ場所にあり、サミルはそれが信頼の証《あか》しのようで嬉しい。

今回の旅はサミルにとって今まで知ることのなかった感情の連続だった。

この胸の奥をくすぐるような感覚が、ただの喜びではないことに彼はすでに気づいている。しかしそれを表情に出すことは決してない。

「雨だ。この布は少し重いが、濡れるのを防いでくれる」

駱駝を御しながらサミルがそう告げると、ブランシュは灌木が濡れていくのを眺めたあと、自分を被う防水布の上を水滴が滑っていく様子を金色の瞳で凝視する。

彼女の瞳が夕日のように輝く時は、好奇心に駆られているのだとサミルは知っている。

エストライヒ王国の宮殿を出たその瞬間から、ブランシュは子供のようにあらゆることに興味を惹かれ、大きな眼をきょろきょろとさせ続けていた。

それは十年前にサミルが魅了されたのとまったく同じ瞳だった。

「この布には我が国で産出される〝瀝青《れきせい》〟という粘度の高い油が塗ってあるんだ。燃える水と同じ場所で産出されるもので防水に優れている。今回は旅の途中で雨期に入るのが分かっていたので、いくつかこの布を持ってきている」

ブランシュの好奇心を満足させてやるためにサミルは丁寧に説明する。

燃える水やそれが蒸発してできた瀝青はイルザファ帝国の特産で、発火性があるだけでなく防腐や防水にも優れている。

イルザファ帝国ではこれらを最大限まで活用する方法を研究し続けているので、日々の生活にも馴染《なじ》みのある素材だ。しかし他国の者にとっては珍しい。

「すごい！　本当に雨を弾いているわ……綺麗」

水滴が宝石のような雫《しずく》となって布の上を滑っていく様子に、ブランシュは声を上げて喜ぶ。

（表情をころころ変えて……美しいものは見ていて飽きないな）

サミルが思う〝美しいもの〟はもちろん水滴ではない。

汚れなきブランシュを見ていると、己のなかに走る血液が熱くなっていくのを感じた。

そして彼女へのよこしまな想《おも》いを隠す自分を恥じずにはいられない。

「サミル、あなたもこの布の内側に入って。びしょ濡れになってしまうわ」

「いや、遠慮しておこう。我々は雨に濡れるのが好きなんだ」

駱駝の上に寄り添って座っている二人だが、防水布に被われているのはブランシュだけだった。

地面が泥を跳ね上げるほどに雨脚が強くなってきて、サミルはどんどん濡れていく。しかし彼は笑っていた。

他の男たちも同様に雨を楽しんでいた。皆、天を見上げると次々に頭に巻いていた布を外していく。恵みの雨で洗髪をしようというのだ。それだけに留まらず多くの者は上着まで脱いでいった。

サミルもまた頭に巻いていた布を取り払い、上着も脱ぐと褐色の肌を雨に晒す。

行軍では雨を利用して体を洗うのは珍しいことではない。いつもの調子でそうしているので、サミルも含め、男たちは誰もブランシュが目のやり場に困っていることなど気がついていなかった。

「寒いか？」

ブランシュがあまりにも体を硬く縮こまらせているものだから、サミルは心配になって手綱を握っていない方の腕で彼女の胴を抱いた。剝《む》きだしになった胸部を小さな背中にぴったりと添わせ、人肌で少しでも暖を取れるようにする。

一つの駱駝で旅するようになって以来、ブランシュは彼に体を預けてうたた寝を楽しむことも多く、悪路では彼女が落ちないように体を支える必要があった。背後から抱き寄せると最初の頃は身体《からだ》を強張らせていたブランシュだったが、近頃ではそうされることにすっかり慣れた様子だった。

しかしサミルは慣れることがない。

平然としたフリをしているが、実は上半身が彼女とぴったり重なると、肌に感じる彼女の柔らかさに狂いそうになる自分がいた。それは彼が今まで経験したことがない未知の感触で、触れあった部分で雷が発生し、ビリビリと下肢に刺激を送ってくるようだった。

彼女の前では高潔でありたいと願うのに、彼の肉体は一匹の雄として反応してしまう。

「私は大丈夫だけど……サミルこそ寒くないのですか？　そ、そんな、は、裸みたいな格好で……」

「雨期といっても終日雨が降っていることはない。特にこの季節に降る雨は短時間で、すぐに太陽を連れてくる。乾くのもあっという間だ」

防水布が二人のあいだを遮っているとはいえ、素肌の男と寄り添うことになったブランシュは少々居心地が悪い。

そんな彼女のまごついた様子に気がつかないまま、サミルは灰色の空に動く雲を見上げた。

貴重な雨——本来ならば砂漠に入る直前に雨期を迎える予定だった。

長旅で一番大切なことは水と食料の補給である。

現在は通りかかる村で金貨と引き換えに大抵のものは手に入るが、砂漠周辺の村ではそうはいかない。いくら金を積まれようとも、時期によっては他人に分けてやる水などなくなるのだ。

そういう状況を避けるために、サミルは砂漠周辺の村が潤う時期を計算して旅程を組んでいた。ところが予定していなかった大幅な出発の遅れに、馬車を伴ったのろのろとした進行……。雨期がくるのが少しでも遅れればと望みを繋げていたが、この雨により彼の計画は大幅に狂ったことが決定的になっていた。

「あら、本当……雨がやみだしたわ。サミルは何でも知っているのね」

「軍を任され色々な場所を旅した。私の知識は体で覚えたことばかりだ」

防水布を取ろうとするブランシュを手伝ったあと、サミルは再び彼女の細い腰に後ろから手を回す。もうそうする必要がなくても、そうせずにはいられなかった。

これだけ雨に当たったというのに、サミルの肉体は男として乾ききっていて潤いを求めている。

（花の香りより甘い……まるでスモモのような……）

光を集めたブランシュの金髪がちょうど鼻のすぐ下にきて、サミルに女の匂いを届ける。肌理《きめ》の細かい肌から発せられるブランシュの香りは、彼だけが嗅ぎ分けられる色香だ。

「サミルはずっと軍にいるのですか？」

「軍の宿舎に入ったのは八歳の時……軍で育てられ、戦時ではいつも最前線だった」

自分はなぜこんなことを話しているのだろう？　――サミルは軽口な自分を嗤う。

サミルはその目立つ容姿ゆえに多くの者が彼の出生の曰《いわ》くを知っているが、自らペラペラとそれにまつわる不幸を話したことはなかった。

ところがブランシュを前にしていると、自分のすべてを知ってもらいたいと思えてくる。

（同情されたいのだろうか？　……同情されたいのだろうな。俺はこの人の優しさを忘れられないんだ）

サミルは物心ついた頃から同情されるのが嫌で堪らなかった。

なぜなら母の死は生まれてしまった自分の責任であり、自分という存在は同情に値しないと思い続けてきたからだ。

戦場ではいつも死を恐れず無茶をした。武功を上げて命を失ったなら、父に許されるのではないかと考えた。

だがエストライヒ王国の捕虜となり、もうこれで終わりだと投げやりに死を受け入れた時、不思議な少女に出会った。

少女の目はいつだって〝生きろ〞とサミルに語りかけてきていた。そして手術によって片足を失った自分を見て彼女は泣いた。見知らぬ敵国の男ために……。

サミルはあの時、初めて人間が本来持つ優しさに気がついたのだ。

そしてもう一度生きてみたいと願った。

「だからあなたの肌にはこんなにたくさんの傷が……」

十年前の記憶に思いを馳せていると、いつの間にかブランシュが体を捻って背後にいるサミルを見ていた。

彼女の視線はサミルの褐色の肌に注がれている。

雨に洗われ艶やかさを取り戻した彼の肌には、大小数え切れない無数の傷痕がある。無鉄砲に戦ってきた肉体は、軍の仲間が見ても眉を顰めるほど痛みの記憶が残されている。

「ああ……これは失礼。醜いものを見せてしまったな」

「醜いだなんて思いません……サミルはとても美しい男性です」

前を向き直し、背中でそう言ったブランシュに、サミルは言葉を失った。

傷だらけの肌が燃えるように熱くなるのが分かった。火照った体を冷やすように、彼はまだ濡れている上着を慌てて着る。そわそわとした気持ちが彼を不器用にさせ、袖が上手《うま》く通っていかない。

サミルはますます全身を赤くしたが、幸い褐色の肌がそれを隠してくれた。

無言の二人を乗せた駱駝は砂漠の入り口を目指してまっすぐ進む。

◇◇◇

この日を境に、雨が断続的に降る天候が続いた。

サミルの言った通り、雨期といえど雨が何日も降り続くということはない。ただし一度降りはじめれば激しく降るのが常だった。

（まだ起きているのか？）

サミルは天幕の出入り口になっている布を左右に開き、ランプの光を頼りにブランシュの天幕に視線を注ぐ。

いつもは警護のためブランシュの天幕の前で横になるサミルだったが、雨が降り続いている今晩は、さすがにギナと共に天幕のなかに寝床を求めた。

ギナはいつまで経っても寝ようとしない主人を放って天幕の隅で丸くなっている。

サミルが水の檻《おり》のように強い雨勢に目を凝らせば、蠟燭の灯りが作った影がブランシュの天幕で動いているのが確認できた。

最初の頃は天幕での就寝に慣れない様子の彼女だったが、近頃はそんな粗野な生活にも馴染んだようなので、こんな遅くまで起きているのは珍しい。

五歩ほどしか離れていない距離なのだが、いつもに比べると彼女の気配が遠く、サミルはどうも落ち着いて寝ていられなかった。

「姫君が気になるのか？」

サミルの背後からイルザファ語で声をかけたのは副官のバンダルである。

数に限りのある天幕なので、単独で使えるのはブランシュに限られている。サミルの同室は階級がもっとも近いことからバンダルとなるのが常だった。

「気になるわけではないが……」

サミルはバンダルを振り返り、眠そうな目を向ける男に曖昧な言葉を返す。

バンダルはサミルのような皇族ではないが、皇族に勝るとも劣らない有力な貴族の次男である。

常にニコニコと愛想がよく、サミルのような無骨者にとっては何を考えているのか読めない部分もあったが、部下としての不満はない。特に今回のような長旅では、皆を和ますのに一役買っていた。

「俺はただ彼女の天幕が雨漏りでもしていないかと思っただけだ」

サミルが言い足した言葉を聞いて、バンダルは横になったまま闇のなかで笑った。

「気になるよな、美しい姫だ。ジャリル帝に嫁ぐにはもったいない」

「何を……」

「俺の妹は侍女として後宮に入っている。ジャリル帝はもう子を作る能力がないそうだ。可哀想に、あの若さで一生飼い殺しだ」

「口を慎め！」

サミルが思わず声を荒らげても、バンダルは飄々《ひょうひょう》と薄笑いを浮かべているだけだった。

サミルは異質な人間を見つけた気味悪さを覚え、バンダルを見据える。

イルザファ帝国では歴史的に皇帝が強い権力を持っている。サミルにとっても兄とはいえジャリル帝は絶対的な存在なのだ。不敬に当たる言葉を平然と吐くバンダルの神経が理解できなかった。

「サミルはクソ真面目だな。たった一度きりの人生なんだ……好きに生きたいと思わないのか？」

上官の怒りを前にしても、バンダルはまだ薄笑いを浮かべていた。暗がりのなかに浮かび上がる彼の笑顔はどこか悲しそうでもあり、怒っているようでもあった。

「バンダル、軽口が過ぎるぞ」

サミルは逃げ出すような心境で、天幕の出入り口を押し上げる。

「見回りに行ってくる！」と背中でバンダルとギナに告げると、天幕から踏みだして我が身を雨に打たれるに任せた。

〝好きに生きたいと思わないのか？〟と問うたバンダルの声が体の内側に忍び込んできた病理のように感じ、雨で洗い流したかったのだ。

サミルは今までの人生で〝好きに生きたい〟などと考えたことはなかった。

己の出生にまつわる事情を理解した頃から、死んで当たり前だと思って生きてきたのだ。

三十四歳になった今も、彼の思考は〝どう生きる〟ではなく〝なぜ生きる〟かだった。

しかし今回、ブランシュを王都アジュールに送り届けるという任務に就いて以来、今まで知らなかった感情を持て余すようになっていた。

（なぜ、彼女だったのか……）

絶え間なく雨粒を落とす天を仰ぎ、サミルは運命を呪う。

彼は恋など知らぬ男だったが、今はもうそれが何か分かっていた。

決して幸福とは言いがたい人生のなかで、宝石のように輝く存在だった一人の少女。失った右足を見て美しい涙を零した少女。甘い菓子を手ずから彼に与えた少女。ブランシュと名乗った少女。

ブランシュの瞳に自分を映したい。兄ではなく自分を……！

始まりは恋愛感情などではなかった。ただもう一度会って、どれほどあの時のことを感謝しているか直接伝えたかっただけだった。エストライヒ語を必死に習得したのも、いつか彼女にきちんと礼を言うためだ。

それなのにブランシュは彼の純朴な気持ちを打ち破るほどに美しく成長しており、旅を続けるほどに強靱《きょうじん》な精神力を見せつけてきた。

長い時間、大切にしてきた純粋な気持ちが、一人の女性への渇求へと変化したのはあっという間だった。感情を凍らせていた氷はすっかり溶けてしまい、サミルの心臓はごうごうと音を立てながら燃え続けている。

彼女は兄の花嫁なのだと自分に言い聞かせるたびに、サミルは現実を打ち壊したくなる自分を感じはじめていた。

ジャリル帝は決して暴君などではない。先代は国民の人気取りに戦争を頻発させていたが、ジャリル帝は戦争を好まず経済的興隆に力を入れている。今まで娶《めと》った三人の夫人とも問題ない夫婦仲のようだった。

年齢差がかなりあるとはいえ、ブランシュはジャリル帝と幸せになれる——いくらそう冷静に考えても、サミルの体内では無鉄砲な恋を捕まえたくなる自分が消えない。

サミルは大きなため息を夜の空気に吐き出すと、まとわりつく雨を振り切って歩きはじめる。そしてブランシュの天幕の前にやってきて足を止め、なかの気配を覗った。

もうブランシュには近づくなと警告する自分がいたが、〝好きに生きたいと思わないのか?〟と言ったバンダルの声がサミルの背中を押す。

「ブランシュ様、雨漏りでもしていないか見に来たのだが……」

天幕に向かっておずおずとサミルが声をかけると、間髪を容《い》れずに出入り口の布が左右に開いてブランシュが顔を覗かせた。

深夜だというのに爛々《らんらん》とした目はまったく眠たそうではない。

「サミル、あら、濡れているじゃない！　入って」

ブランシュはサミルの質問には答えず、躊躇いもせずに彼の腕を取ると天幕の内側に誘った。

様子を確認するだけ、と思っていたサミルだったが、揺らめく蠟燭の灯りに照らされたブランシュを見た瞬間、美しい音楽を耳にした時のようにしばし我を忘れた。

「これで体を拭いてね」

ブランシュはサミルが呆然《ぼうぜん》としているあいだにも、乾いた布で彼を拭いていく。

はっとしたサミルが慌てて体を離したのは、彼女があまりにもいい匂いがしたからだ。

華やかで甘い香りがふんわりとブランシュの体全体から漂ってきている上に、彼女の黄金の髪はいつもに増して濃く輝き、海の泡のごとく渦巻いていた。

しかも寝衣姿でコルセットを外しているブランシュは、硬い鎧を外した乙女のごとく女性らしい肉体を薄い衣越しに晒している。

「防水布のおかげで雨漏りはしていないのですが、雨音がすごいから眠れなくなってしまって……時間を持て余したので、雨水を溜めて行水をしていたんです」

そう言うブランシュの視線を追ったサミルは、樽に雨水が溜められているのを見た。

生まれたままの姿となったブランシュがそこに半身を浸《つ》ける姿を想像してしまい、慌てて歯を食いしばる。

彼女を前にするとサミルの表情は強張ることが多い。それは己の心を律しようとする彼の努力だった。

「この匂いは……」

「いい匂いでしょ。行水をした時に香油を少し垂らしたんです。スモモの種から採れる油で、肌に潤いを与えてくれます」

ブランシュはサミルに説明しながら木箱の上に置いてあった硝子《ガラス》の小瓶に手を伸ばす。繊細にカットされた美しい硝子の小瓶の蓋を開けると、ブランシュはだしぬけにサミルの手を取った。

「荒れているのがいつも気になっていたんです」

「男の手はこんなもんだ」

「そうなのですか？　私はサミルの手しか知らないから」

ブランシュはサミルの手のひらに香油を垂らすと、自らそれを彼の手に広げていった。細い指が香油をこすり入れるように大きな手の上で動き回る。彼女の指は遠慮なくサミルの手のひらの皺に沿って滑り、指の股を撫で、ごつごつとした指に絡んだ。

「サミルの手、とても大きいのね」

「……ブランシュ様の手は……とても柔らかくて、温かい」

「温かいのはあなたも同じだわ……熱いぐらい」

ブランシュは夢中になって香油に濡れる指を絡ませ、彼の指もまたブランシュの指を捕まえようとするかのように動いていた。

ぬちゃぬちゃとした粘着質な音が雨音に混じり、夜の音楽に変わる。

サミルは手からやってくる感覚に溺れながら、唸《うな》り声を上げそうになる自分を抑えなければいけなかった。

ブランシュの繊細な指が動くほどに、ぞわぞわとした快感が溜まっていく。

サミルは全身の震えが彼女に気づかれないようにと祈りつつ、生唾を静かに呑み込んだ。

「ブランシュ様……」

離れなくてはいけない――そう思うのに、サミルの体は理性とは反対に彼女へと引かれていく。

ビリビリとした甘い雷電のようなものが後頭部で弾《はじ》け、彼の思考を乱し続けていた。

サミルが一歩前に出ると、ブランシュの体の一部――女性らしく突き出た乳房と彼の引き締まった腹が触れた。

薄い寝衣越しに乳房の柔らかさはもとより、その頂点にあるささやかな尖りまで感じ取ったサミルは、拷問でも受けているように筋肉をさらに硬くする。

「ブランシュ……」

愛おしい女の名を呼ばずにはいられない。

ブランシュはその声に応えて顔を上げる。蠟燭の儚げな光に照らされた彼女の表情は、蜜を滴らせる果実のように熟れていた。

サミルが身を屈めたのはほとんど無意識だった。

そしてブランシュがつま先立ちをしたのも、ほとんど無意識だった。

惹き合う者同士のあいだで魔法が生まれ、小さな天幕から指命や責任や忠誠といった煩わしい問題が消える。

二人の唇が重なった時、サミルもブランシュも、何が起こったのか完全には分かっていなかった。

ただ唇に触れた柔らかなその感覚に驚き、それが本物なのか確かめようとさらに唇を押しつけ合った。

口づけと呼ぶにはあまりにたどたどしく、無垢な行為――しかし唇の表面を重ね合わせただけでも、サミルの男としての本能は目覚めていた。

この女性をどうしようもなく愛してしまったのだと明確に自覚し、自分のものにしてしまいたいと渇望が体中を駆け巡る。

彼女がほしい――煮え立つ劣情のなかで、理性を越えた男の性が跳ね回っていた。

（だめだ……！）

慌ててブランシュから一歩下がったのは、下肢の一部が昂《たか》まるのを感じたからだ。

二人の唇が離れ、魔法の効力が消えていく。

しかしブランシュはそれを拒んだ。唐突に両腕を広げると、離れないとでも言うようにサミルをしっかりと掻《か》き抱《いだ》いたのだ。

サミルを見上げる彼女の瞳もまた劣情に濡れ、静かな炎が煌《きら》めいていた。

二人は何も語らずに見つめ合う。

視線を交わしながら口づけの続きを夢想し、頭のなかでお互いの唇を吸い、舌を絡ませ合うのを思い描きながら立ち尽くす。

ブランシュの腹部にはサミルの猛《たけ》りが触れていた。

ブランシュが雄の証しに気がついているかどうかサミルには分からなかったが、彼女の劣情に揺らいだ瞳を見たあとでは、自分に起こった現象を恥ずかしいとは思わなかった。

これほどまでにあなたがほしい――これは言葉にできない肉体の叫びなのだ。

「サミル……」

ブランシュの掠れた声が彼を呼ぶ。

その声は情欲の音色で、雄はさらにビキビキと痛いほどに張りつめていく。

情炎が燃え上がった時、ぽとりと一滴の理性がサミルの心に落ちた。

それは記憶にはない母の涙だったのかもしれない。

——愛する女性を母と同じ目に遭わせていいのか……。

サミルは引きちぎるように自分の体をブランシュから離すと、一歩、二歩、三歩と後ろに下がった。

サミルは声を発することができなかった。代わりに首を左右に振り、彼女を拒絶する。

この時ブランシュがどんな表情をしていたのか、サミルは知らない。

彼女の表情を確認するのが怖かった彼は、地面を睨《にら》んだまま踵を返して天幕を飛び出した。

そして叱りつけるように降り続ける雨に、長いあいだ自分の体を晒していた。

第五章　果てしない渇き

「暑い……」

小さく呟いたブランシュの声に、サミルはすかさず下げている水筒を差し出した。

羊の胃袋から作られているこの水筒は外側がしっかりとした革で被われており、日射しで水が熱せられることはない。

「ありがとうサミル」

ブランシュは駱駝の上で軽く後ろを振り返り、水筒に口をつける。すぐ後ろにいるサミルの位置からも摂取した水分がそのまま流れ出るように、彼女のこめかみから汗が落ちるのが見えた。

一筋の汗でさえどこか艶《なま》めかしく感じてしまう自分に呆《あき》れながら、サミルは意識的に表情を引き締めた。

「これからは暑さが厳しくなる。水分の補給は十分した方がいい」

この地域の雨期は短い。大地を潤した雨もここ数日は姿を消し、その代わりに太陽が我が物顔で空を支配するようになっていた。しかも雨期が終わったあとの空は雨で磨かれて澄みわたり、強い日射しを地上に届けている。

「雨が恋しいわ」

そう言ったブランシュに同意するように、サミルは彼女の華奢《きゃしゃ》な肩にそっと触れ、そこに落ちている後れ毛を指で軽く撫でる。

不必要に彼女に触れている自覚はあったが、そんな自分がもう止められない。

あの雨の夜——口づけを交わした夜以来、ブランシュとサミルは以前と何も変わらないように見えて、二人にだけしか分からない緊張を孕《はら》んだ親密な空気を纏うようになっていた。

言葉で伝え合ったわけではないが、もうお互いの気持ちは手に取るように分かっている。しかし分からないフリでこのまま王都を目指さなければいけない。

決して成就させてはいけない恋心。それはブランシュにとってもサミルにとっても、甘い毒を飲みながら死を待つ感覚に似ていた。

一歩一歩進むごとにブランシュとの別れが近づいてきているのだと思うと、サミルは強烈な支配欲に襲われ、彼女にわずかなりとも触れずにはいられなくなる。

金糸のような髪に、透けるような白い肌に、嫋《たお》やかなうなじに触れて、これは自分のものなのだと叫びたくなる。

しかし同時にサミルのなかにはいつだって顔さえ知らない母親がいて、その死が彼の情熱を冷ますのだった。

「もうすぐ砂漠の入り口にあるヒラールという町に到着する。そこでは飲料水の準備と体力を蓄えておくために二、三日宿泊する予定だから、あなたもゆっくりしたらいい」

「え、砂漠！」

サミルの案内を聞いたブランシュは、砂の大地を双眸に映そうと、前に身を乗り出した。

サミルはいつもそうするように手綱を右手に収め、彼女が駱駝から落ちてしまわないように細い腰に左腕を回した。

砂漠はまだ先だが、まばらに生えた低木と乾いた雑草のあいだを砂まじりの風が駆け、この先に不毛の大地が待ち受けていることを知らせていた。

「ヒラールの町に入るとイルザファ帝国の領土内となるが、この辺りは実質、無法地帯だ。ヒラールは旅人の中継地になっていて人の出入りも激しいので、宿泊するといっても油断はしないように」

ヒラールの町を取り囲む椰子《やし》の木が見えてきた時、サミルがブランシュに注意を促した。

というのも長々と男むさい野営で旅してきた彼女にとって、この小さな町が魅力的に映るのが分かっていたからだ。

そしてサミルの予想通り、ヒラールに入ったブランシュは「わぁ！」と駱駝の上で飛び跳ねんばかりに声を上げた。


ヒラールは三日月型をした湖を囲むオアシスである。

砂漠の入り口を飾るネックレスのように細長いその町は、住人が百名ほどと集落の規模としては小さい。しかしながら古くから旅人を相手に商売をしてきたので、宿や商店が湖の周囲をぐるりと囲って実に華やいだ印象の町並みだった。

サミルは町に入ると評判のいい宿の特別室をブランシュのために用意し、仲間たちにもそれぞれ快適な場所で休めるように手配を整えた。

砂漠の横断は十日ほどを予定しているが、日中は日陰などない炎天下を進み、夜は一転、寒さに震えながら眠るのだ。ここで一度立ち止まり、十分に水や食料を備え、体力を蓄えておくのは重要な点であった。

男たちは荷物を解き、駱駝たちに水と食べ物を与えると、羽を伸ばそうと思い思いの方向に消えていく。

サミルもまたブランシュが宿に落ち着いたのを見届けると、軒を連ねる市場に出た。彼の目的は羽を伸ばすことではなく、飲料水の確保である。

本来なら雨期のあいだにこの町まで来る予定だった。エストライヒ王国領を出て以降はかなり先を急いだものの、結局、最初の遅れが祟《たた》って雨期は過ぎ去っている。

ヒラールは水源のある町だが、飲料用に使える水は限りがあるのだ。乾期ともなれば湖は濁り巨大な沼と化す。住人たちはそれに備えて貯水する必要があり、サミルたちのように大人数の旅団が十分な水を手に入れられるのは雨期に限られていた。

「大変そうだな、サミル」

そうバンダルに声をかけられたのは、サミルが町の代表者に飲料水の買い取りを直談判《じかだんぱん》に行ってきた帰り道だった。

バンダルは赤い服を好んで着ている時が多く、碧い服を着ているサミルと並ぶと対になってよく目立った。

「予想していた以上に水の確保が難しいな……まだ足りない」

「そうか……困ったな」

サミルが提示したのはかなり高額な代金だった。それでも思ったほどの水を確保できなかったのだ。

イルザファ帝国では高位な身分にあるサミルだが、この地域では金や地位よりも水の方が価値があるため、時期を外せば入手が難しい。

「十分な水を得られないなら、隊を二手に分けたらどうだ？　一度に全員で出発せずに二回に分ければいい」

サミルはバンダルの提案をしばらく考えてから、首を横に振った。

「……いや、なんとか水を確保できるようにもう少し粘ってみよう。これ以上警護の数を減らしたくはない」

確かにバンダルの言う通り隊を二手に分けて出発をずらせば、一度に必要になる飲料水も減る。しかしサミルとしては敵対勢力と戦闘になった場合を考えると、人数を減らすことは避けたかった。

砂漠地帯は環境の厳しさ自体に防衛力があり、それゆえに警備は十分にされていない。他国の軍——特に東の国境を接しているツルク国の工作員が忍び込む余地はいくらでもあった。

通常であればイルザファ軍に砂漠で攻撃を仕掛けてくるなど愚かしいことだったが、エストライヒ王国との同盟が絡んだこの旅は何があってもおかしくないとサミルは用心に用心を重ねていた。

「そんなに慎重にならずとも、砂漠まで侵攻してくるバカはいないだろう」

バンダルはお得意の陽気さでなおも隊を二手に分けた方がいいと勧めてきたが、二度三度とサミルが首を横に振ると苦笑と共に諦めた。

「まったくお前はクソ真面目だな。ああ、そうだ。宿の裏手にあった研ぎ屋が安くていい仕事をするらしい。俺の剣を研ぎに出してくるついでに、お前のものも出しておこうか？」

「いや。俺は自分で研ぐ」

「自分の武器は他人に任せず、か。やっぱりお前はクソ真面目だ」

バンダルは丸い目を細めてケラケラと屈託なく笑うと、サミルに軽く手を降って宿の裏手に消えていった。

彼の背中を見送ったサミルは、砂漠の向こうに見える太陽がずいぶん傾いてきていることに気がつく。水の確保に奔走しているあいだに夕刻になろうとしていた。

（晩飯でも買って早めに帰るか……）

ブランシュには宿で飲食ができるようにイルザファ帝国の通貨をいくつか渡して出てきたのだが、考えてみれば彼女はあまりこの国の言葉が話せない。腹を空かせて自分を待っているのではないかと、サミルは何か彼女が喜びそうな料理を市で見繕《みつくろ》って届けようと歩きだした。

その時だった。進行方向から一人の女性がフラフラとおぼつかない足取りでやってきて、髪をすっぽりと被っている生地のあいだからサミルに弱々しい笑みを送った。

「え、ブラン、シュ……様？」

「サミ……」

今にも倒れそうな足取りでやってきたのはブランシュだった。彼女はサミルの名を呼ぼうとしたが、その儚い声は風に乗ってやってきた砂塵《さじん》にかき消された。

「ブランシュ様！」

サミルはぐらりと揺れた彼女を支えようと飛び込むように駆け、地面に倒れ込む寸前のところで抱きかかえる。

勢いのままブランシュを抱きかかえたので、サミルの義足がギギッと嫌な音を立てて皮膚に食い込んだ。

しかしサミルは己の痛みを気にかけている余裕などない。荒い息を吐くブランシュをマジマジと眺めながら、彼は何が起こっているのか分からず混乱していた。

まずブランシュの服装が宿に入った時とまったく異なっていた。エストライヒ王国領を出た時から一人で着脱しやすい侍女の服を身につけていた彼女だが、現在はイルザファ帝国の女性たちが着るふんわりとした薄手の服に身を包み、美しい金髪も布で被っている。まるでブランシュであってブランシュでないようだった。

いつもは爛々としている彼女の目は虚《うつ》ろで、生地越しにも肌が燃えるように熱くなっているのがサミルの手のひらまで伝わってきた。異様なのは全身が火照っているのに汗が流れていない点である。

「ブランシュ様！　ブランシュ！」

サミルが何度か呼びかけて体を強く揺さぶっても、乾いた口元が微かに動くだけで、ブランシュはもうはっきりとした言葉を発しようとはしなかった。

（日の病か⁉）

太陽の日射しの影響で発症する病をイルザファ帝国では〝日の病〟と呼んでいる。体に異常に熱が溜まっているのに発汗していないのは、脱水症状である可能性が高かった。

サミルはすぐに腰に下げている水筒を取り出すと、ブランシュの口に水を注いだ。

半ば意識を失っている彼女は喉をわずかに動かすものの、その大半が口角から流れ落ちてしまう。

「くそっ！」

思わず悪態を吐くほどサミルは必死だった。

イルザファ帝国の者たちは暑さに慣れているため、日の病にかかる者は少ない。しかし砂漠周辺の乾燥した熱気は、慣れない者にとって命取りになりかねないのだ。それが分かっていたはずなのに、こうしてブランシュを危険に晒してしまった自分をサミルは責めずにはいられなかった。

（水を……）

サミルは水筒の水を己の口に含むと、ブランシュの薄く開いた唇に自分の唇を押しつけた。そして水が零れ落ちないように唇をぴったりと重ね合わせ、少しずつ圧を加えながら水を口腔に送り込む。

ブランシュは意識朦朧としていて最初は水を飲み込もうとしなかったが、唇を唇でぴったりと閉じられているせいで本能的に嚥下《えんか》しはじめた。

一度水が喉に通ると無意識にその清涼感を気に入ったのだろう。サミルがもう一度口移しで水を与えると、今度は彼の唇を吸うように上手に飲みはじめた。

やがて彼女の柔らかな唇がはっきりと意志を持って動きはじめ、象牙のような瞼が何度か上下して瞬きをする。

意識が戻ってきたブランシュを確認し、とりあえず危機は脱したと判断したところでサミルは彼女を横抱きにすると早足で宿に向かった。

少しでも涼しい場所に移らなくてはいけない。

抱きかかえながら歩いているうちに彼女の額にうっすらと汗が滲《し》みだし、サミルはほっと安堵の息を吐く。汗をかくということは体温調節が始まり、熱が下がっていくという兆候である。

「なぜ勝手に宿から出たんだ……外に行きたければ案内したのに」

宿の廊下を歩きながらサミルは聞かせるともなく一人呟き、すぐに彼女の好奇心の強さを思い出した。

困らないようにとイルザファ帝国の通貨を渡したのだ。宮殿に閉じこめられ、市場で買い物をする機会などなかった彼女が、町に出てみたくなったのも無理はない。

「あなたは少女の頃から何も変わっていない。怖いもの知らずで、勇気があって、純粋で……愛らしい」

扉を肩で押して部屋に入ると、サミルは寝台の上に彼女をそっと下ろした。

陶器のようなつるりとした額からずいぶんと汗が流れはじめていたので、サミルは再び水を口に含むとブランシュと唇を重ねる。

通りで必死に介抱した時とは異なり、今度は彼女の溶けてしまいそうに柔らかな唇の感触を唇で感じ取った。

汗の滲んだブランシュの喉が上下に動き、口腔に送り込まれた水をすべて飲み干しても、サミルは唇を離せなかった。

ブランシュと唇を重ねていると、砂ばかりの不毛の大地に花が咲き乱れていくような感覚があった。口づけ一つで花を咲かせることができるこの女性と、もし肌を重ねれば自分の世界はどう変わるのだろうかとサミルは思う。

（だめだ……）

心臓を引きちぎるように唇を離し、冷静になろうと寝台に横になるブランシュを眺め下ろした。

髪を被っていた布はすでに乱れて彼女の肩に力なく垂れていたが、少しでも涼しくなるように取り払う。与えた水分はどんどん汗となって出ているようで、彼女の着ている服は湿り気を帯びはじめていた。

「……あつ、い……」

少しずつ意識を取り戻してきているブランシュは、自分の着ている服を無造作に引っぱる。サミルが彼女の前髪をそっと指に絡めて汗ばむ額に手を置くと、まだまだ体に熱がこもっているのが分かった。

（脱がした方がいいのか……）

男性が日の病に冒された場合、上半身を裸にして体を水で冷やす場合が多い。

ブランシュが男なら躊躇わずそうしていただろうが、サミルは己の隠し持っているよこしまな気持ちを知っている。下肢の一点が質量を増してきているのを感じ、制御が利かなくなるのではないかと思うと怖かった。

「暑い……」

ブランシュのぽってりとした唇のあいだからもう一度その言葉が漏れた時、サミルは心を決めた。

◇　◇　◇

体がどんどん軽くなる感覚があった。

先ほどまでは煮え湯のなかにいるような暑さで朦朧としていたが、胸元に冷たさを感じた瞬間、すーっと体にまとわりついていた熱が消えていった。

「サミル……」

彼がいればもう何も不安などない。

ブランシュは空よりも澄んだ碧い瞳を見つけ、その持ち主の名を呼ぶ。

彼は小さく頷くと、彼女に口づけをした。

上唇が少し持ち上げられ、ゆっくりと水が流れてくる。

ブランシュは目を閉じて従順にそれを飲み干す。

意識が朦朧としているなかでも、サミルが自分に口移しで水を飲ませているのは途中から理解ができていた。

つい先ほど、サミルが彼女の着ていた服を脱がせはじめた時も同じだった。

ブランシュが市場で買った新しい服はイルザファ帝国の一般的な女性が身につけるもので、とても繊細で華やかな刺繍が施されているが、服の構造自体は単純だ。

頭からすっぽりと被る服は中途半端に脱ぐことはできない。

「体を濡らしたい。服を脱がす」とサミルが断って服を脱がしはじめた時、ブランシュは覚醒していく意識のなかで、そっと背中を浮かせて彼が作業しやすいように気遣った。

コルセットやドロワーズなどは着けていないので、長いローブ状の上着と足首まであるドレスを脱げば一糸纏わぬ姿となる。男性にそのような姿を晒したことのないブランシュは息が詰まるほど恥ずかしかったが、同時にサミルになら自分のすべてを見られてもいいとも感じた。

サミルの碧い目はそれが血肉の通う人間のものなのだと信じられないほど冴えざえと輝

くが、ブランシュはいつだってその瞳を見れば安心ができた。

「サミル……ありがとう……ごめんなさい、私……」

たっぷりと水を含ませた布が胸のあいだを滑っていくのを感じながら、ブランシュはやっと言いたかった感謝と謝罪を声にする。

生まれたままの姿となったブランシュの体を拭くサミルは優しい手つきながらも、その表情は強張り、怒りを滲ませているようにさえ見えた。

「少しだけ市場を歩いてみようと思ったんです……でも外に出てすぐにいつもの服装では目立ってしまうって気がついて……だからサミルにいただいたお金で服を買って着替えたんです」

「すべてはあなたを一人にした私の責任だ。それに服を目立たぬものに替えたのは正しい判断だった。しかし水分補給を忘れたのはいただけない」

「水分は……っ！」

言い訳を話そうしていたブランシュの口は再びサミルの唇に塞がれた。

しかし今度は水が入ってこない。彼の唇は優しく触れたあと少し離れ、すぐに戻ってくると角度を変えてブランシュの唇を吸った。お互いの上唇と下唇が交互に重なり、熟れた果実を食《は》むように位置を変えながら動く。

もう口移しではなかった。それは明確な口づけ。

だが二人とも目を瞑《つぶ》り、あたかもそれが水を与えるための口移しであるかのように振舞った。そうしなければいけないのだと、残された理性が知らせていた。

「水分は……補給したんです。喉が渇いたから、市で飲み物を買って……赤い綺麗な……」

「それはザクロ酒だ」

「そう。お酒だと思わなくて……」

二人の唇は離れたが、ブランシュが少しでも動けば再び口づけが始まるような距離感だった。

サミルはブランシュの鼻の頭を自分の鼻で撫でながら、水を含ませた布を片手で絞って彼女の肢体に水滴を垂らす。水滴がポタポタと幾筋かの線を描き、乳房のあいだから脇腹へと流れ落ちていく。

潤いを与えられながらも、ブランシュの渇いた心がこれだけでは足りないのだと訴えていた。

もっと濡れたい、濡らしてほしい——声にできない思いをブランシュの眼差しが語る。

「ザクロ酒はこの町の名産なんだ。旨いが酒は水分補給にはならない……必要以上に汗が出て喉が渇くだけだ」

「んっ……」

ブランシュは歯で自分の唇を噛み、思わず声が出そうになるのを堪えなければいけなかった。

サミルの指がたったいま水滴が通っていった部分を辿りはじめたのだ。ゆっくりと胸の谷間からへそへ。へそへ到達すると指はゆるゆると来た道を戻りはじめ、腹部から胸の谷間を登っていく。

「んっ……ぁ」

サミルの荒々しい息遣いのあいだにブランシュの甘いため息が混じる。

男らしい彼の指は一本から五本に増え、ブランシュの雪山のように白く柔らかい乳房を捉えていた。

明確な意志を持った親指が胸の先端にある尖りを撫でる。そのたびにぞくぞくとする快感がブランシュの血液を甘く変えていく。

「サ、ミル……サミル……」

ブランシュが彼の名を呼ぶと、それに応えるように再び口づけがやってきた。彼の唇はブランシュの唇を優しくなぞり、言えない言葉を伝えるように何度もそこを啄《ついば》んだ。

ブランシュは心の渇きを癒やそうと唇を開く。

開かれた唇のあいだで二人の舌が触れあった瞬間、断末魔にも似た苦しげなサミルの呻きが漏れた。

「だめ、だ……」

ブランシュの肌を愛おしんでいた彼の指が慌てて動くと、敷布《しきふ》をぎゅっと摑む。

彼が摑んでいる敷布は今にも破かれんばかりに力が込められ、筋肉質な体は小刻みに震えていた。食いしばった歯のあいだから荒い息を吐き出す様は、野生の獣そのものだった。

ブランシュにも彼が我慢をしているのだと理解ができた。

自分を求め、全力でそれに抗《あらが》おうとする男を目の前にして、彼女はこみ上げてくる欲望に心を震わせる。

劣情と戦うサミルは雄の色気を全身から噴出させていた。

「サミル……」

ブランシュは手を伸ばし、岩のように硬い彼の肩にそっと手を触れる。

「ブランシュ……俺を、止めるんだ。殴って、蹴って、拒否しろ！」

「私は……私は、まだ……誰のものでもありません」

ブランシュは喘《あえ》ぐように言うと、敷布を握っていた彼の手の上に自分の手を重ねた。

全身で自分を求める男を前に、それだけが彼女にできることだった。

あの雨の夜、二人の唇が重なり合った時のように、ブランシュは触れあう手から言葉にはできない気持ちを伝えようとしていた。

——サミルのことが好き。

それがいつから明確になったかは定かではない。謁見の間で再会した時にはもう、惹かれていたのかもしれない。いや、もしかすると牢獄で「ラズィーズ！」「美味しい？」と会話を交わした時にはもう、運命が動きだしていたのかもしれない。

サミルの逞しい胸に顔を埋めたい。強く抱きしめ合い全身で彼を感じたい。求められているものを惜しみなく与えたい。

愛してはいけない人なのだと知っていても、止められない気持ちが苦しくて仕方がない。

しかしサミルとこの旅に出て以来、これほど生きているのだと感じたことはなかった。

この気持ちを殺したなら、自分自身も死んでしまうのではないかという予感さえあった。

「ブランシュ……」

サミルは食いしばった歯の奥で小さく彼女の名を呼び、握りしめていた敷布を離すと、代わりに重ねられていた彼女の手を強く握った。

何度も崩れ落ちそうになりながらも自制し続けてきた気持ちだったが、もう彼も自分を止められない。

サミルは寝台に膝を置くと、一気にブランシュの上に跨《また》がった。それと同時に彼の唇は再びブランシュの唇を貪る。

今度の口づけは今までの穏やかなものとはまったく異なっていた。

熱波のような激しい口づけ。それは今までブランシュが生きてきた穏やかで何かが足りない日々を砕き壊すような荒々しさで、舌をずるりと引き出されて心臓まで食べられてしまうようだった。

ブランシュは口づけに翻弄されながらも、無遠慮に差し込まれた彼の舌に夢中で応えていた。

時折、不器用な二人の歯がぶつかったがそれさえも扇情の刺激へと変化して、口づけはより荒々しいものへとなっていく。

これが求め合うということなのだと、ブランシュは焦熱《しょうねつ》に焼かれながら理解する。人生で初めて得たその生々しい欲望はいつからか漠然と欲していたもので、彼女は飢えを癒やすように夢中でサミルの体にしがみついた。

「ブランシュ……君はなんて……美しいんだ……」

サミルは初めて思ったままの言葉を声にした。

素直になった彼の唇は存分にブランシュの唇を貪ったあと、滑らかな輪郭を辿り、喉の上をゆるゆるとすべり落ちると鎖骨を食んだ。ブランシュの鎖骨は鳥が翼を広げたかのように美しく繊細で、サミルはそこが薔薇色に染まると今度は乳房に舌を這《は》わせる。

「サミル……ぁ……」

自分の胸に顔を埋めるサミルを掻き抱きながら、ブランシュはほとんど無意識に彼の頭部に巻かれていた布を外し、内側に隠されていた茶褐色の髪を掴んだ。

自分の髪質とは異なる頑固な硬い髪の一本一本さえ愛おしい。

サミルはブランシュの胸の先端を唇で挟み、砂糖菓子でも食べるように舌先で転がしている。

(私もサミルを食べたい……)

ピリピリとした快楽が絶え間なくやってくるなか、ブランシュはサミルの肩に唇を当て、岩のような筋肉に被われているそこに甘く歯を立てた。

彼が全身から発する男の魅力を前に、ブランシュはこのまま食べられてしまいたいと願い、同時に彼を食べてしまいたかった。

サミルは彼女の優しい甘嚙《あまが》みなど気がつかない。ただ想い人の色香に酔いどれた一匹の雄となって、本能から湧き起こる原始的な動きで肉欲の証しを彼女の太ももに押しつけていた。

肌が溶かされそうなほどに熱く、鉄杭《てつぐい》のごとく硬い雄の象徴――これが自分の内側に挿《はい》ってくるのかと思うと、ブランシュの体の奥底で潤いがひたひたと溜まっていく。

彼女はその現象を何か分かってはいなかったが、下肢の一部分が熱くなり、どこか居心地悪いような、それでいて癖になるような感覚は王女としての立場を忘れさせていく魔力があった。

「ブランシュ……君は、完璧だ……ブランシュ……ブランシュ……」

サミルは呪文でも唱えるように何度も何度も名前を呼びながら、燃える藍玉の瞳で彼女の肢体を舐《な》め見る。

無数の口づけは耳から首筋を通って二つの乳房にくまなく落とされ、大きな手は彼女の女性的な曲線を覚えようとしているかのように、何度も胸から腰の辺りを往復していた。

擦りつけられている欲望の熱塊は、行き場を探してブランシュの秘部を隠す柔らかな茂みを撫でている。その未知の誘惑は彼女の深い部分まで浸透していく。

「サミル……私をあなたのものにして……」

愛欲と結びついたその言葉を、ブランシュは本能のまま声にしていた。それがどういう意味なのかはっきりと知りもせず……。

熱せられた空気のなかに彼女の言葉が溶けた瞬間、サミルの全身が強張った。

彼の碧い目が凍りついていくのを、ブランシュはわけも分からずに見ていた。

「ブランシュ、さ、ま……」

サミルの体が離れる。代わりにやってきたひやりと乾いた空気が彼女を抱いた。

「申し訳ありません……これは、私の……あやまちだ」

後ずさりでブランシュから離れたサミルは、顔を隠すように背中を向けるとそう言った。

握りしめた彼の拳はぶるぶると震え、唐突な抑制の厳しさを語っていた。

二人のあいだに漂っていた情熱は行き場を失って固まっている。

「あやまちなどでは……サミル、こっちを向いて下さい」

「あなたは我が王の花嫁だ……」

サミルは背中を向けたまま自分に言い聞かせるように言う。その声は掠れ、死にゆく者の力なき叫びに似ていた。

ブランシュは首を横に振って彼の言葉を拒絶した。

「私はまだ誰の花嫁でもありません！　まだジャリル帝にお会いしたこともないし、妻になると神に誓った憶《おぼ》えもありません！」

「死にたいのか！」

半ば怒号のように放たれたその言葉は、わずかに残っていた二人の情熱をも吹き飛ばしてしまう。

振り返ったサミルは上掛けを乱暴に摑むと、それをブランシュの上に放り投げた。

「ジャリル帝は愚鈍な人ではない。彼の名誉を傷つけ、裏切った者には厳しい処罰が下される。あなたの命が奪われてもおかしくはないんだ！」

彼の言葉を聞いて、ブランシュは己の浅はかさを知った。

自分が二国のあいだを取り持つ鎖であることは重々分かっていたが、生まれて初めて知った恋に浮かれ、待ち受ける現実を見ないようにしていた部分もあった。

ジャリル帝の第四夫人となるために嫁いできたはずの娘が、旅の途中で家臣に奪われたとあってはブランシュはもとよりサミルも無事で済むはずがない。むしろエストライヒ王国という後ろ盾があるブランシュより、一家臣であるサミルの方が厳しい処罰を受けるだろう。

この想いはサミルを殺してしまう――ブランシュは藍玉の瞳を見上げ、絶望に言葉を失った。この気持ちは最愛の者を殺める結果になりかねないのだ。

「ブランシュ様、今日のことはすべて私の責任だ。あなたの美しさに理性を失った……もう二度とこんなことは起こらない。起こってはならない。私の指命はあなたをジャリル帝の元へ連れていくこと……どうか今起こったことは忘れ――」

「忘れません！」

サミルの言葉を最後まで言わせまいとブランシュが声を重ねる。

ブランシュは自分の気持ちがしっかりと分かっていた。それが打ち捨てることなどできない大切なものなのだということも知っていた。

「サミル、私はたった今二人のあいだで起こったことを後悔はしませんし、一生忘れませんし……ただ……忘れたふりはするでしょう……それがエストライヒ王国の王女として生まれた私の務めでしょうから……」

ブランシュの言葉を聞いたサミルは何度か声を発しようと唇を動かしたが、結局何も言わずに彼女に背を向けた。

サミルは長いあいだ彼女に背中だけを見せ、立ち尽くしていた。己の不甲斐《ふがい》なさ、悲しみ、やるせなさを一つ一つ呑み込んでいく時間が必要だったのだ。

そしてすべての想いをしまい、心に鍵をかけると彼は部屋を出て行った。

ブランシュはサミルを最後まで見送ることもできず、上掛けを頭まで被ると歯を食いしばって悲しみに襲われそうな自分を振り払う。

（涙なんていらない……私は不幸じゃない）

恋を知ることができた。心が飛び跳ねるような口づけを交わした。もうそれだけで十分幸せではないか――そうブランシュは自分に言い聞かせる。

ブランシュは戦争で片足を失った青年を知っているのだ。

軍事的に対立していた二国の同盟がつつがなく進めば、サミルのような体の不自由な人も減り、多くの命を救うことになる。個人的な感情と引き換えに、今回の輿入れを無駄にできるはずはない。

国家のため、国民のため、平和のため、そして愛する人のために、たとえ心で泣き続けていても笑顔でジャリル帝に嫁ごう――ブランシュは零れ落ちそうになる涙を堪え、サミルがそうしたように感情をしまい込むと心に鍵をかけた。

◇◇◇

当初二、三日を予定していたオアシスの町ヒラールでの滞在は、結局四日となった。

サミルの尽力にもかかわらず水の確保が困難を極めたのだ。彼と同時期に水を大量に購入した人物がいたらしく、予想していたよりもずっと調達が難しかった。

しかしこれ以上この町に留まっていると、日射しの一番厳しい時期に砂漠のど真ん中を通ることになる。

再度バンダルから兵を二手に分けるよう進言され、サミルは三日目の夜にやむを得ず三十人編成だった旅団を二十人編成にすると決定した。残された十名は飲料水の確保が整い次第、旅団を追うことになった。

四日目の朝、とはいってもまだ朝日が昇る夜明けの時に目覚めたブランシュは、窓の向こうにある景色を長いあいだ眺めていた。

世界はまだ目覚めておらず、薄暗い風景のなかに三日月型の湖がぬらりと光ってその存在を示している。湖を取り囲む背の高い椰子の木、それらの向こうには痩せた灌木、そして緑の途切れた向こうには、今はまだ闇にしか見えない砂漠が続いていた。

この町に滞在して以来、砂漠を見慣れたブランシュだったが、今日からそこに足を踏み入れるのかと思うと、不思議な高揚感と同時に後ずさりで逃げたくなるような恐れを感じていた。

（サミルに迷惑をかけないようにしなければ……）

日の病で一度倒れているブランシュは、あの日以降、水分の補給には十分気をつけ、イルザファ風のゆったりとした服を着用して涼を得るようにしている。実際のところイルザファ風の平服は日射しを遮って風通しがよく、砂漠地帯の気候に適していた。

それでもまだブランシュは、また暑さで倒れてしまうことを心配せずにはいられない。旅を遂行する——その強い決心が彼女の拠《よ》り所《どころ》となっていた。目的があるからこそ、傷ついている精神状態でも前を向けるのだ。

それはサミルも同じなのだろう。ブランシュの寝室から出て行って以降の彼は、より厳しい表情で時を過ごすようになっていた。

二人のあいだにはもう、あの時の熱くて甘い空気はない。

ただまっすぐに王都アジュールを目指す、それ以外のことは考えないようにしていた。

（あとはこの長すぎる髪を……）

ブランシュは腰近くまである長い金髪を一撫でると、荷物のなかから小さな糸切り鋏《ばさみ》を取り出した。髪を切るには小さすぎるが、これでなんとかするしかない。

エストライヒ王国では女性の髪は長いほど美しいとされ、腰まである金髪はブランシュの自慢の一つだった。しかし砂漠の旅を考えると、長すぎる髪は無用の長物でしかないと判断したのだ。

頭部に溜まりがちになる熱気はもとより、絶え間ない砂塵に頭髪の美しさを保っていられる自信もなかった。

ブランシュはまず髪を切りやすいように盥《たらい》の水で髪を少し濡らそうとしたが、まだ宿の小間使いが働きだしていないために、洗顔などに使用する盥も水瓶《みずがめ》も空っぽのままだった。

水を汲んでくる必要があると、ブランシュは水瓶を持ってまだ夜が明けきっていない中庭に向かった。そこには井戸から汲んできた水が溜められている。

皆を起こさないよう忍び足で静謐な廊下を進んだブランシュは、中庭への出入り口まで来て足を止めた。

クロヒョウのギナが薄闇に溶けるように寝そべっていたのだ。

ギナは主人と同じ碧眼でじろりとブランシュを見上げたあと、長い尻尾を一振りして再び体を丸めた。

(ここにギナがいるということは……)

ブランシュの予想は当たっていた。

朝日を迎えようとする中庭に彼はいた。

ブランシュからは男の背中しか見えていなかったが、それがサミルだと確信できた。なぜなら桶《おけ》に溜めた水で沐浴《もくよく》中の彼は全裸で、右足の義足を晒していたからだ。

広い肩に筋肉の張りつめた背中、その中心には大木の幹のように堂々とした背骨が埋まっており、逆三角形を左右均等に分けている。引き締まった腰から臀部《でんぶ》の輪郭線は岩さながらにゴツゴツとしていて、女性のそれとはまったく異なっていた。

臀部から続く大腿部《だいたい》は俊足な獣のごとく鍛えられていたが、右足は自然の秩序に逆らって膝から下が木偶《でく》人形のようになっていた。

曙《あけぼの》のなか、己の肉体を拭い清めるその姿が、あまりにも神々しく美しかったからだ。

ブランシュはサミルの肉体を目の当たりにして言葉を忘れていた。

サミルの肉体を美醜のどちらかで判断しろと言われれば、一般的には〝醜〟に片寄るのかもしれない。なにせ義足はもとより、無骨な印象を与える筋肉質な肉体には大小様々な傷痕が残されているのだから。死線を何度も乗り越えたであろうその身は〝痛々しい〟と表現しても間違いないだろう。

しかしブランシュはサミルに見惚《みと》れていた。やがて心臓が激しく脈打ちはじめ、体の芯が熱くなっていく。

人の気配に振り返ったサミルと目が合うと、今度は体中にバチバチと火花が飛ぶような感覚があった。彼の全身がブランシュを刺激していた。

一度はしっかりと閉じたはずの蓋がこじ開けられるような感覚に、ブランシュは目眩《めまい》を感じて両足を地面に踏ん張る必要があった。

「ブランシュ様……」

「ご、ごめんなさい。あの……」

「いや、こちらこそ失礼した。まさかこんな早朝に人が来るとは思わなかった」

サミルは苦笑しながら清拭に使っていた綿布を腰に巻く。しかし巨軀《きょく》を小さな布で隠すには無理があった。しかも濡れた布はぴったりと彼の肌に吸い付き、その下にある形を艶めかしく浮き上がらせる。

「み、水を汲みたいだけですから」

どこに視線を向けていいか分からないブランシュは、仕方なくうつむいてサミルの横を通り過ぎようとした。

その時だった。彼女の瞳に碧い宝石が飛び込んできた。

「それは……」

ブランシュはその時、水を汲むことなどすっかり忘れてサミルの義足に見入っていた。右足の皮膚と木偶を繋ぐ膝上の金属部分、そこに見たことのある藍玉が嵌《は》め込まれていたのだ。

「ああ……見つかってしまったな」

ブランシュの視線に気がついたサミルは一人呟いて少し恥ずかしそうに顔を歪めると、彼女の視線から碧い宝石を隠すように下穿きを身に着けはじめる。

「この藍玉はとある少女から貰《もら》ったものなんだ。それ以来、私の守護石になっている……

この貴石を見て私は初めて碧色が綺麗だと思えた」

「……それまでは綺麗だと思わなかったのですか？」

ブランシュはそういえばサミルが碧色を〝昔は嫌いな色だったが、今は気に入ってい る〟と語っていたことを思い出していた。

「私は子供の頃から碧色が一番嫌いな色だった。自分の目の色だからだ。この目さえなければ母は死ななかっただろうし、先王に疎まれることもなかった。自分の目の色を自分で見ることはできないのに、いつ頃からか醜い色だと認識するようになっていた……」

ブランシュは三十四歳のサミルを見上げながら、鉄格子の向こう側にいた二十四歳のサミルを重ねていた。

痩せ細り、今にも命の灯火が消えそうな青年はもう目の前にはいないが、十年経った今もサミルの内側にはあの青年がいるのだろうとブランシュは思う。二十四歳の彼だけでなく、この逞しい肉体の内側にはもっと幼い頃の彼もいるはずだ。

（だから彼に惹かれたんだわ……）

ブランシュは改めて自分の気持ちを理解した。

強靱な肉体に孤独を抱え込んで生きてきた男。繊細で純朴な心を隠し持った男。

幼い日に彼に手ずから砂糖菓子を与えたように、ブランシュは彼の心に寄り添いたいと願わずにはいられない。

「少女は私の目が藍玉と似ていると言ってこれをくれた。自分の目がこんなに綺麗ならそれほど悪くないのではないか……前を向いて生きていく権利が自分にはあるのではないかと思えた。この貴石は私の宝なんだ。だから体の一部に埋め込んだ」

「……きっと、その女の子も……藍玉を大切にしてくれていると知ったら……とても、とても嬉しいと思うわ」

ブランシュは心からの笑みを浮かべていたが、同時に涙声になっていた。彼女が呑み込んだ涙は悲しみからではなく、喜びが生んだものである。

サミルを強く愛してしまった自分の気持ちは分かっても、彼の想いまでは明確には摑めなかった。

しかし今、彼の話を聞きながらブランシュは確信できた。サミルもまた、寸分違わず自分と同じ気持ちなのだと。

とはいえ、その気持ちを知ったところでもう二人にはどうすることもできない。

「あの少女に再び会える日が来たら、何かお返しをしたいといつも思っていた。何がいいだろう？」

サミルの少し悪戯《いたずら》っぽい口調にブランシュは微笑みだけを返した。本当にほしいものは貰えないのだと分かっていたから何も言えなかった。

痛みを滲ませた金茶色の瞳に彼女の気持ちを読み取ったサミルは、わずかに首を傾《かし》げるとそっと手を伸ばす。

ブランシュの頬に彼の指先が触れそうになったが、その指はビクリと止まると拳のなかに隠れてしまった。

(もう彼は私に触れてもくれない……)

薄く形のいい唇が肌に降り注いだのはついこのあいだのことなのに、責任と理性と道徳が山となり川となり砂漠となって二人のあいだを隔てていた。

ブランシュは手早く用事を済ませてしまおうと水瓶を持って貯水槽に向かう。

一方サミルは半裸であった身なりを整えはじめた。

上着を纏い、その上から慣れた様子でベルトを装着する。使い込んだ革のベルトには金属や革紐で作られた把持具《はじぐ》が取りつけられており、彼は木のテーブルの上に整然と置かれた道具をそこに嵌めていった。半月刀、小刀、火打ち石、角笛。最後に水筒を斜めがけにすると、その上に外衣を羽織る。

一連の行動を流れるように行う彼に、ブランシュはいつの間にか視線を奪われていた。

サミルという男は目に見える部分は無骨で粗野にさえ見えるのだが、醸し出す雰囲気や所作が何とも艶やかで色気に溢れているのだ。

「ああ、そうだ」

頬を染めてぼんやりとしていたブランシュを振り返ると、サミルは一本の小さな剣を差し出した。

「藍玉の返礼にもならないが、これをあなたに……護身用に一つ身に着けておいた方がいい。ただし鞘《さや》から抜くのは〝もしも〟の時だけにした方がいい。昨日たっぷりと研いだから、刃に軽く触れただけで切れる」

それはサミルや他の男たちが威風堂々と腰に差している半月刀ではなく、手のひらに収まる程度の小ぶりな短刀だった。「ありがとう」と素直に受け取りながら、ブランシュは〝切る〟という言葉でふと自分がここに来た目的を思い出した。

「サミル、あの……実は髪を切ろうと思うのです。もし嫌でなければ手伝ってもらえませんか？」

「髪を？」

「ええ、砂漠に出るにあたり、少しでも涼しくしておきたくって。髪も十分に洗えないでしょうからもう少し短い方がいいと思うの」

「……まぁ、確かにそうだが」

ブランシュの言葉を受けるサミルの表情は何とも微妙なものだった。

もしかすると男性のようにかなり短くすると思われたのかもしれないと、ブランシュは慌てて言葉を足す。

「私は特に髪が長い方なので、肩より少し下ぐらいの長さにしようかと思うのです。それくらいあれば結い上げることもできますし。ものすごく短くするわけではなく……あの、サミルは反対？」

「……あなたが減ってしまうので惜しい気持ちはあるが、短い方が快適で管理しやすいという意図は理解できる」

真顔でそう言ったサミルに、ブランシュはどっと顔に血液が集中したのを感じた。

おべんちゃらを言うような男ではない。本当に〝あなたが減ってしまう〟と思ったからこそ恥ずかしげもなく声にしたのだと思うと、ブランシュは心がむず痒《がゆ》くて堪らなかった。

「あ、あの、髪はまた伸びますから……」

赤くなった顔を隠すようにブランシュは長い髪を手櫛《てぐし》で整えると、水で湿らせはじめた。

サミルは渋顔のまま彼女の背後に回ると、水分を得てさらに輝きを増した髪を撫でる。

「夕日に輝く小川のようだ……」

前を向くブランシュからはサミルの様子が見えない。ただ髪を撫でられているのは感覚で分かった。

もしかして彼は髪に口づけをしているのかもしれない――そうブランシュが思ったのも無理はない。サミルはしばらく黙ったまま、刃を入れようとしなかった。

「サミル、お願いします。肩より少し下で……」

ブランシュが催促すると、彼はやっと小刀を黄金色の髪に当てた。

研がれたばかりの刃は力など入れなくても、髪を所有者から切り離す。

ふと頭が軽くなった感覚があってブランシュが首を左右に動かすと、短くなった毛先が上腕に当たった。なぜ今まで長く重い髪を後生大事にしていたのかと思うほどの爽快感で、ブランシュの顔に笑みが浮かんだ。

「すっきりしたわ！」

振り返ると笑顔のブランシュに対してサミルは端整な顔を強張らせていた。

彼は片手に金糸のような髪の束を持ったまま、髪が短くなったブランシュを凝視している。その顔は地平線上に昇りはじめた朝日と同じように徐々に赤みを帯びていった。

「ああ……ったく」

「え？」

「こうして見るとあなたは十年前から何も変わっていない。少女のままだ」

「……髪を切ったら幼いのがよく分かると言いたいのですか？　十二歳の時よりは成長しているつもりです」

「十二歳の時より成長しているのは知っている」

サミルに言い返され、思わず先日のことを思い出したブランシュは言葉を失った。

そう、サミルは彼女のどこがどのように成長しているのかすでに知っているのだ。

「と、とにかく……ありがとうございます」

ブランシュは切り離された髪の束を受け取ろうと手を前に出す。ところがサミルはその光の束を持ち主に返そうとはしなかった。

「サミル？」

訝《いぶか》るブランシュに彼は平然と言い放つ――いや、平然としたふりと言うのが正しいだろう。彼の顔には赤みが強く差したままだった。

「これは床屋代金ということで私が貰い受ける」

「え!?」

「王都に入り婚儀の準備が進めば、あなたは他の夫人と同様、陛下以外の男性に髪を晒す機会がなくなるだろう……あなたの髪を見ることができるのは、陛下とこの髪を手にしている私のみということになる。これはあなたの分身だ。私が貰い受ける」

朝日が世界を照らし、二人の顔に光を当てる。

真新しい陽光を浴びながら、ブランシュはこれがサミルの精一杯の告白なのだと知った。

そしてサミルが自分の分身を大切にしてくれるなら、これほど幸せなことはないと思う。

キラキラとした朝がやってきて一日が始まる。宿のあちこちから旅人たちが目覚める音が聞こえてきていた。

ブランシュはサミルを照らす太陽の光だけ特別に美しい錯覚を覚え、目を眇めた。

「サミル、あなたは……これからも私を想ってくれていますか?」

必死に絞り出した彼女の声は、空を横切った大きな鷹の「キュ、キーキー」という鳴き声にさらわれてしまう。

しかしサミルは儚いその声をきちんと受け止めると、わずかに口元を歪めて犬歯を見せた。

「分かりきったことを……」

それ以上彼は語ろうとはせず踵を返したが、ブランシュにとってはそれで十分だった。

第六章　砂漠愛慕

そこは砂の海だった。

砂漠を遠目に見ていた時は地面が存在していると思っていたブランシュだったが、ひとたび足を踏み入れてみれば、立っている場所の正体さえ分からない。

砂は生きているように絶えず動き続け、形を変えている。それは液体のようでもあったし、巨大な生きもののようでもあった。

微妙に変わり続ける砂模様は瞬《また》き一つで方向感覚を失わせる。

ブランシュは自分が南に進んでいるのか北に進んでいるのかも分からなくなっていたが、旅団はサミルを先頭に、間違いなく王都アジュールに向かっていた。

砂漠に入って以来、ブランシュは久しぶりに一人で駱駝の手綱を握るようになっていた。

駱駝は砂漠に強い動物だが、厳しい環境下では体力の温存に気を配らなければいけない。

二人乗りでは駱駝の負担になってしまうので、サミルと別々の騎乗となったのだ。

ブランシュは長旅のあいだに駱駝の揺れに慣れ、もう酔うこともない。砂漠で天敵の日の病も先だって経験したことにより、体調への心配りもできるようになっていた。とはいえ、サミルの心配そうな碧眼が彼女から離れることはなかった。

「よし、あの木の下で今日は宿営だ！」

行く手に一本の高木を見たサミルが、男たちに号令をかけた。

駱駝たちはサミルの言葉を理解しているように自然と足を速め、主人の隣を気疎《けうと》そうに歩いていたクロヒョウのギナに至っては飛ぶように砂を蹴って木を目指す。

人間も含めて動物たちは緑が恋しいのだ。

（不思議……こんなに砂ばかりの乾いた土地なのに、草木の生えている場所があるなんて）

木陰までやってきて駱駝から下りたブランシュは、砂の大地にそびえる幹に手を触れた。低い位置の葉は往来する動物たちに食まれてなくなっているが、見上げれば青々とした若葉が茂っている。それに木の周囲にはさらさらとした砂地にもかかわらず、所々に草が生えていた。

砂漠といっても、このようにわずかばかりの植物が自生している場所もあるのだ。旅人の目印となり、動物たちの休息の場になる重要な土地である。

「気をつけた方がいい。砂漠に生きる植物は棘《とげ》があることが多い」

隣にやってきたサミルが水筒を差し出しながらブランシュに注意を促した。彼女も自分の水筒を下げているのだが、厚意を受けて彼の水筒で喉を潤す。

二人の周囲では男たちが天幕を張ったり、食事の準備をはじめたりと宿営の準備をすすめていた。

駱駝たちも夕食の時間だと言わんばかりに、砂地に這うように育っている草を勢いよく食している。サミルが言うように草は茎針を持っていたが、駱駝たちはお構いなしだ。棘も栄養なのかと思うほど歯を剝きだして食事を楽しんでいた。

「こんなに砂ばかりの土地だというのに、ここに草木が育っているということは、地下に水源があるんでしょうね」

あらゆる事柄に興味があるブランシュは、砂漠に入って以来そこで逞しく暮らす生物たちに注意を向けるようになっていた。

砂漠は人間にとっては地獄のような場所だが、風が避けられる場所では植物が健気《けなげ》に根を張っているのが見られたし、植物があればそこで暮らす虫もいて、虫を啄みにやってくる鳥やその鳥を狙ってやってくる小動物までも暮らしている。

砂漠はきちんと生きている土地なのだ。

「イルザファ帝国には言い伝えがあるんだ。我々をこの土地に導いた最初の王は〝森の魔物〟と戦ったと……今は砂ばかりのここも、古くは森林だったといわれている」

「森林！　信じられないわ」

淡々と語ったサミルの言葉にブランシュは思わず声を上げた。

疑うわけではなかったが、世界の果てまで続くかのような砂の海原を見ていると、その言葉はあまりに空想的に感じられた。

彼自身も同じ思いなのだろう。砂埃を避けるために顔の半分を被っていた布を外しながら、ブランシュに同意するように深く頷く。

「王都アジュールに到着すれば分かる。あの辺りにはまだ森林が残っていて、当時を偲《しの》ばせる巨木がいくつも生えている。乾燥の激しい地域だが、あなたの言う通り砂漠の下にも水脈はあるはずだ」

「でもなぜ、水脈があるならこれほどの砂漠に……」

「我々の先祖は王都建設の木材を得るためにこの辺りの木を切った。餌のなくなった獣は人間を襲い、人間は獣を嫌ってさらに木を切った。木陰がなくなった場所は乾燥して砂地になり、風が砂を広げていった……」

二人の背後では男たちが火を焚《た》き、干し肉を炙《あぶ》りはじめている。

干し肉は冷たいと硬いが少し炙ると柔らかさが戻る。これを薄いパンに挟んだものと、乾燥させたナツメヤシの実をたっぷり食べるのが宿営中の定番だった。ナツメヤシの実は限られた食料のなかで、不足しがちな栄養を補う役割を担っている。

「砂漠にいると呑み込まれそうで怖いわ」

「実際に砂嵐が我々を呑み込んでくる時がある。自然の仕返しなのだろう」

サミルはたき火の近くに集まっている仲間から食事を受け取ってくると、それをブランシュに手渡した。彼女がナツメヤシの実を気に入っていることを知っているので、それを器にいっぱい盛ってきている。

「ありがとう」

ブランシュが受け取った食事に口をつけるのを見届け、サミルは男たちの輪に戻っていった。

ヒラールでの〝あの日〟まではブランシュの隣に座って食事をとることも多かったサミルだが、もう彼女の隣に座ることはない。王都が近づくにつれ、二人のあいだに距離を置こうとする彼の意図が感じられた。

他の男たちもブランシュに近づくと護衛役である指揮官の視線が厳しくなるのを知っているので、無用に話しかけることはない。男ばかりの旅団で紅一点となる彼女は絶対的な守護を得ているものの、打ち解けられる相手を失えば孤独だった。

砂漠の向こうに暮れゆく太陽を見ながらブランシュは一人食事をとる。

荒涼とした大地は不気味なほど静寂に満ち、青と赤が混じり合う夕暮れを背にした砂漠は陰性の美しさを湛えていた。

旅に出て以来、ブランシュが感じ続けてきたことがある。

贅《ぜい》を尽くした家具や有名な画家による絵などはもちろん素晴らしいが、人間の作り出す美はどこか限界があるのだと。

自然が作り出す美は無限だった。森も、小川も、空も、砂漠でさえも常に表情を変え人間を圧倒してくる。

ブランシュが赤い空に闇が溶けていく空を見上げると、鳥が飛んでいるのが見えた。

(あの鳥……)

広げた羽が遠目でも茶色と白の波形模様が美しいことが分かった。大きな鷹である。

空に彎曲した線を描くように飛ぶ鷹を彼女が思わず凝視したのは、どこかで見覚えがあるような気がしたからだ。

(確かヒラールで……きっとあの鷹と同じだわ)

ブランシュは行水をしていたサミルと中庭で鉢合わせした早朝を思い出していた。

あの時、昼行性の鷹が夜が明けたばかりの空を飛んでいるのは珍しいと記憶の隅に残っていたのだ。

(この鷹は夜が好きなのかしら?)

彼女がそう思ったのも無理はない。早朝と夕暮れの違いはあれ、現在も空は十分な光がない。

もしかして夜行性のフクロウなのかもしれないとブランシュはさらに目を凝らす。

すると鷹の足にキラリと何かが光ったような気がした。しかし鳥はどんどん離れていき、夕闇も濃くなっていくのでもう確認のしようがなかった。

(足に何かをつけていた? 何だろう?)

ぼんやりと考えながらナツメヤシの実を囓《かじ》る。種を地面に吐き出し、行儀が悪い食べ方にもずいぶんと慣れてしまったものだと一人苦笑した。

そしてふと顔を上げた瞬間だった。ブランシュは鷹のような鋭い目が自分を見ているのに気がついた。

男たちの輪のなかにいるバンダルが、少し体を捻ってブランシュの方を見ていた。

それはまさに猛禽類《もうきん》が獲物を狙うような眼光の鋭さで、ブランシュは反射的に身を固くした。いつも笑みを湛えているバンダルとは思えぬ冷淡な表情であった。

しかしすぐに彼はブランシュも自分を見ていることに気がつくと、いつもの愛想のよさでにっこりと微笑んでみせた。

いつもならその笑顔に和むブランシュだったが、なぜかぞわりと体の芯に悪寒が走った。

今までそんな経験などない彼女はそれが何なのかも分からない。

それが胸騒ぎだと知ったのはずいぶんあとになってからだった。

◇　◇　◇

予想していたこととはいえ、砂漠の旅は日増しにブランシュを苛んでいった。

終わりのない夢のようだと、ブランシュは砂埃で霞《かす》む地平線を見ながら何度もそう感じた。もちろん楽しい夢ではない。ひどく暑く、常に乾き、砂で象《かたど》られた亡霊にまとわりつかれる悪夢である。

砂漠の旅が長くなるにつれ、彼女の肉体は徐々に暑さに慣れてきているようだったが、それは慢性的なだるさに体が鈍感になったともいえる。

山となり谷となる砂の塊に挑むブランシュは、悪夢に堕《お》ちてしまわぬように必死で手綱を握り続けた。

「ブランシュ様」

彼女が朦朧としていると、決まってサミルがやってきて水筒を差し出す。

ブランシュはいけないことだと分かりながらも、彼の水筒から水を飲む時、〝あの日〟の口づけを思い出さずにはいられなかった。

夢と現実のあいだで揺れながら、時に彼女はこの旅が終わると彼の口づけが褒美として与えられるのではないかとさえ妄想した。

必死の思いで前進した先に待つのは想い人との離愁《りしゅう》なのだが、それを直視しながら進むのはあまりにも辛《つら》く、自分に嘘《うそ》を思い込ませるしかなかったのだ。

「一度休もう」

ブランシュの疲労を見たサミルが声をかけた。

男性ばかりならここで止まることなどないと分かっていたのでブランシュは素直に頷くことができなかったが、全身が悲鳴を上げていた。いくら慣れたとはいえ水面を歩くような悪路で揺られ続けていると、全身の筋肉が強張ってくるのだ。

サミルがブランシュを駱駝から降ろすためにやってきて両手を伸ばす。

疲労から体が思うように動かないブランシュは、彼の胸のなかに落ちるように駱駝から下りた。

力強い両腕が彼女をしっかりと支えたその瞬間だった。

シュッと風を切る音がすぐ近くで聞こえたかと思ったら、「ブゥオォォー」と今まで聞いたこともないような声で駱駝が嘶《いなな》いた。

何事かと顔を上げたブランシュの頭を、サミルの大きな手が押さえつける。

「顔を上げるな！」

そう叫んだ彼の怒号は男たちの叫びにかき消された。

「敵だ！」

「ツルク軍だ！」

瞬く間にもうもうと砂煙が辺りを包み、そのあいだからいくつもの矢が襲いかかる。

無情にもいくつかの矢を受けた駱駝が砂の上に倒れ、サミルは素早くその後ろにブランシュを隠した。

あまりに突然の出来事に、ブランシュはただ圧倒されていた。

ツルク軍は砂が盛り上がった丘陵の上から容赦なく無数の矢を射かけてくる。その矢が尽きれば今度は太い足の馬を異国の言葉で御しながら一斉に向かってきた。

遊牧の騎馬民族――彼らを初めてその目に捉えた瞬間、ブランシュは強い恐怖を覚えた。

ツルク軍は砂と同じ色の衣を纏い、馬に立ち乗りになって襲ってくる。雄叫《おたけ》びを上げ、剣先のように細く鋭い眼を持つ者たちは砂漠に潜む毒蛇を思わせた。

「ひるむな！　迎え撃て！」

サミルは半月刀を引き抜くとその巨軀を敵前へと晒す。幾度もの死線を越えてきた彼は、奇襲であっても尻ごむことなどない。

それはサミルが選抜した仲間たちも同じだった。指揮官のあとに続こうと男たちは剣を抜く。しかしその瞬間に思わぬことが起こった。

「な、なんだこれは！」

「剣が……」

鞘に収めていた剣がなぜか滑らかに抜けない。力を込めて抜いてみれば刃が赤銅色《しゃくどういろ》に変わっていた。錆《さ》びである。

「錆びている！」

そう叫んだ男は次の瞬間、振り下ろされた刃に倒れた。

全員ではないが、少なくない人数の者たちの剣がなぜか錆びついてしまっていた。

ツルク軍は五十人ほどの小隊である。ヒラールの町で二十人体制となったサミルの旅団だったが、たとえ人数で劣勢であっても砂漠に慣れた精鋭揃《ぞろ》いの集団であれば五分に戦えただろう。しかし肝心の武器が使えないとあっては絶体絶命だった。

それなのにサミルは笑っていた。

「俺一人を殺すのに、何人必要か教えてやろう！」

錆びた半月刀や短刀で戦う男たちの前にサミルは走り出ると、まるで自分が標的だとでもいわんばかりに派手に剣を振るいはじめた。

凄《すさ》まじい気迫を見せるサミルを前にツルクの兵は一瞬たじろいだ様子を見せたが、すぐに彼めがけていくつもの剣が振り落とされる。

サミルの体は驚くべきしなやかさで刃を避け、わずかな隙を見つけると反撃に回った。

幸いなことに彼の半月刀はヒラールの町で自ら研ぎ上げた時のまま、鋭利な切れ味を誇っていた。乾いた砂漠に真っ赤な血飛沫《ちしぶき》が吸い込まれていったが、それはツルク兵のものばかりだ。

指揮官の猛烈な戦いに鼓舞《こぶ》され、満足に武器が使えない状況でも皆が必死で戦った。

「くそっ！」

小さな声を聞いたサミルが振り返ると、すぐ近くで戦っていた仲間の半月刀が真っ二つに折れたところだった。錆びたそれは激しく打ち合えば欠けるぐらいでは済まない。

「これを使え！」

サミルは強い蹴りで敵を倒すと、有無を言わさず仲間に己の半月刀を与える。

そして自分はといえば無機質な右足を倒れた敵の背に乗せ、紺碧の衣を捲《まく》り上《あ》げた。

見慣れぬ義足に驚きの表情をしたツルクの兵はそれが最期の表情となった。義足に仕込んであった剣に喉を貫かれたのだ。

「悪いな。お前の足みたいに役立たずじゃないんだ」

倒れゆくツルク兵に別れを告げると、サミルは義足から抜いた折りたたみ式の長剣を容赦なく振るいはじめる。

駱駝の陰に隠れながら、ブランシュは瞬きも忘れてサミルの動きに見入っていた。

目を背けたくなる惨殺な光景であるはずなのに、彼の動きはまるで舞うように優雅だった。剣が生む血飛沫でさえ現実味がなく、絵画でも描いているようにさえ見える。サミルの余裕を覗わす表情がその奇跡を生んでいるのである。

死を恐れぬ男の周囲には、死の匂いがなかった。

そのサミルの表情に緊張が走ったのは、ブランシュと目が合った瞬間だった。

彼は自分の周囲の敵など見えぬように彼女めがけて駆け寄ってくる。

何事が起きたか気がついた時には、ブランシュは背後から回された毛深い腕に首を締めつけられていた。

「サミ……」

彼を呼ぶ声は途中で消えた。ブランシュが暴れたので、喉への締めつけがさらに強くなったのだ。叫び声が出ないばかりか、呼吸さえもできない。

「ブランシュ！」

救出に向かうサミルは無我夢中で前進したが、一人、二人とツルク兵が立ち塞がる。

「どけっ！　邪魔だ！」

鬼神と化したサミルは敵をなぎ倒すように進んだ。

痛みの感じぬ義足で思いっきりツルク兵を蹴り上げ、がむしゃらに、しかし正確に剣を振るい、羽が生えているかのような身軽さでブランシュの前まで辿りつく。

彼女を拘束していたツルク兵は、まさかこれほど早く助けが駆けつけて来るとは思っていなかったのだろう。怒りに満ちた異国語を放つと、サミルを迎え撃つために彼女を解放した。

喉を締めつけられていたブランシュが新鮮な空気を肺いっぱいに吸い込んだ時にはもう、自分を捕らえていたツルク兵とサミルは向かい合っていた。

ツルク兵が剣を構える——しかし異国の男はまともに戦うことさえ許されなかった。

サミルの逆鱗《げきりん》に触れた男は剣を振り下ろす一瞬の間さえも与えられず、断末魔の叫びを上げる。

彼は自分に死が訪れたと気づく暇もなかったかもしれない。サミルの重い一太刀を受けて砂に鮮血の泉を作ったあと、その上に力なく倒れた。

「ブランシュ！」

サミルの腕がやってきてブランシュを抱き寄せる。

彼は返り血と砂にまみれていたが、ブランシュは飼い主を得た子猫のように震えながら夢中でその体にしがみついた。

サミルが戦場で油断をしたのは、あとにも先にもこの時限りだ。

ブランシュの鼓動を肌で感じた瞬間に、どっとやってきた安堵で彼の集中力が途切れた。

一秒にも満たない油断。それが許されないのが戦場である。

ブランシュの瞳は、サミルの背後で砂に埋もれていたツルク兵が立ち上がるのを見ていた。

爬虫類《はちゅうるい》を思わせるツルク兵の目が笑った気がした。

危ない！　――そう声を出す前に彼女の体は動いていた。

サミルの脇腹を押して隙間から腕を伸ばす。ブランシュの手にはヒラールの町でサミルから預かった短刀が握られていた。

ツルク兵はまさか彼女が武器を手にしているとは思わなかったのだろう。細い目がカッと開き、彼女を睨みつけた。

ずず……っと何とも形容しがたい嫌な弾力が刃物を伝ってブランシュに届く。

「ぐぇっ」

サミルが潰されたカエルのような声を聞いたのと、ブランシュの手が生暖かい血で汚れたのは同時だった。

振り返ったサミルは、背後にいたツルク兵の腹に短刀が刺さっているのを見て、何が起こったのかを悟った。

「我が姫の手を煩わせるな」

サミルは表情も変えず無情にそう告げると、片手でブランシュの頭部を自分の胸に押しつけるようにしながらツルク兵に剣を振り下ろした。

人がバタバタと死んでいく戦場の中心にいてもなお、サミルは彼女の美しい瞳に醜い光景を映したくなかったし、彼女の顔に返り血がかかるのを嫌ったのだ。

「大丈夫だ」

サミルがそう呟いたのは、胸に抱いたブランシュがひどく震えているのを肌で感じたからだった。

「大丈夫だ。この男は私が殺した。あなたじゃない」

刃を伝って感じる生命の迸《ほとばし》りは強い罪悪感を生む。

戦場に慣れたサミルでさえ、そのひどい感情から逃れられたことはないのだ。虫も殺せぬブランシュが震えるのは無理からぬことだった。

「サミル……サミル、私……」

つい先ほどまでサミルの戦いを現実ではないように感じていたはずなのに、いまやブランシュは現実に押しつぶされそうになっていた。

サミルは震えが止まらない彼女を片腕に抱き続ける。そうしているあいだにも、標的を見つけたツルクの兵たちがひとかたまりになり襲いかかってきていた。

（ここまでか……）

サミルは戦場となった砂漠を素早く見渡し、状況を見極めた。

あまりにも分が悪く、すでに多くの仲間が倒れている。このまま戦い続けても犠牲を増やしていくだけで勝ち目はない。

「退《ひ》け！」

サミルは腰に下げていた角笛を鳴らし、退避の指示を出す。

自分の駱駝はすでに矢を受け倒れているので、ツルク兵を馬から引きずり降ろしてそれに跨がった。

サミルとブランシュを乗せた馬が駆け出すと、ツルク兵は二人を仕留めようと追いかけはじめる。

仲間を無事に逃がすためにも、サミルは皆がいる方向とは反対に馬を走らせ続けた。

砂漠には風の動きで砂が比較的固まっている場所と、底なし沼のように柔らかい場所がある。

砂漠に慣れない者は目視でその違いが分からず立ち往生してしまうのだが、サミルは風が作り出す模様で足場のしっかりしている場所を選んで馬を走らせ続けた。

ツルク兵は騎馬民族だが砂漠での騎乗には悪戦苦闘で、サミルはどんどん彼らを引き離した。

とはいえサミルが乗る馬自体はツルク軍から奪ったもので、砂漠に慣れていない。しかもいつの間にか臀部に矢を受けており、馬は唐突に走るのをやめると左右にぐらぐら揺れたあと泡を噴いて倒れてしまった。

砂地に放り出されたブランシュとサミルは、なすすべもなく馬が息を引き取るのを見ているしかなかった。不幸中の幸いだったのは、もうツルク軍の姿がどこにも見えなかったことだ。

「逃げ切れたか……」

サミルはほっとしたように呟くと、まだ砂上に座り込んでいたブランシュの腰を支えて助け起こした。

二人とも浴びた返り血に砂がへばりつきひどい有様だったが、見た目などどうでもいい。ただ繋ぎ合わせた互いの手の温かさだけが重要だった。

生き延びたのだという喜びが、ブランシュとサミルの顔に笑みをもたらす。

「行こう。ここにいては危ない」

サミルが指さしたのは、遠くの方に微かに見える岩場だった。

かなり距離があるのを確認してブランシュは思わず息を呑んだ。とはいえ体力があるうちに隠れられる場所まで辿りついておかなければ、命に関わるのは分かっていた。

二人はさっそく砂を踏みしめ歩きはじめる。

太陽がずいぶんと傾いて気温は下がってきていたが、歩いているうちに額から汗が滴り落ちてきた。砂の大地は踏みしめるたびに足が沈んでしまい、一歩一歩に力がいる。

しかし休んではいられなかった。まだツルク軍が二人を探している可能性は高く、この一歩一歩の前進が生死に関わるのだ。

「ブランシュ様、私の背中に……」

サミルはブランシュを背負って歩こうと何度か提案したが、彼女は頑《かたく》なに首を横に振り続け、自らの足で前に進んだ。

二人分の体重にサミルの義足がどれほど耐えられるか分からなかったし、彼は戦いでいくつか傷を負っていた。幸い細かな刀傷はそれほど深くなく、すでに出血は止まっていたが、ブランシュは足手まといにはなりたくなかった。

ただ、二人はしっかりと手を繋いで歩いていた。

サミルがブランシュから離れたわずかな隙に、死と隣り合わせになった。その経験から今はお互いの体に触れあっていることが安堵に繋がっていた。

手から伝わってくる相手の存在を力に変え、ブランシュとサミルは歩き続ける。

怖さを感じるほどの真っ赤な夕焼けが音もなくやってきて、二人を包んだ。

この時ばかりは世界が二人のためだけに存在していた。

イルザファ帝国とエストライヒ王国の同盟も、ツルク国からの横槍《よこやり》も、予定されている結婚も、砂塵と共に空の彼方《かなた》へと消えていく。

夕日が静かに二人を祝福していた。

◇　◇　◇

岩場に到着する頃には二人の体力は限界に達していた。

体力はかなりあるサミルだったが、最後の方はブランシュをなかば抱えるようにして歩いていたので、岩場の陰に入った瞬間に二人して大地に崩れ落ちた。

太陽はすべての生きものに休息を与えようと地平線に沈み、世界を眠りに導いている。

ブランシュとサミルはハァハァと荒い息を吐きながら、まだほのかに朱が混じる薄闇で微笑み合った。やっと目的の場所に到着できたこと、そしてまだこうして生きているのだという歓喜が二人の心を震わせる。

「サミル……」

危機を乗り越えた解放感がブランシュの固く閉じていた心の蓋をパチンと開けた。

思わずブランシュがサミルにしがみつくと、二本の逞しい腕がすぐに彼女を包み込む。

どちらともなく重なった唇は熱く、第二の心臓のようだった。

ブランシュが無意識のうちに唇を開くと、すぐに誘い出された舌が絡みはじめ、お互いを慈しみ合う。人類は言葉を語る必要などないのだと思えるほど、お互いの気持ちをすべて伝える口づけだった。

昼から伝わってくる愛情が二人の全身に満ちていく。

うるさいほどに高鳴る心臓をサミルに捧《ささ》げたくて、ブランシュは彼に体を擦りつけた。

「サミル……サミル……」

ブランシュの頬に涙が伝う。

今日、砂漠で起こったたくさんの出来事が脳裏を去来していた。

ツルク兵に背後から羽交い締めにされ、死を予感したこと。一人の名も知らぬ男を殺めたこと。そして今、闇に沈みゆく砂漠で大自然に身を任せるしかないこと。

ブランシュは人の命の儚さに涙し、愛する人が生きていることに涙していた。

「ブランシュ……」

「サミル……私、つくづく思ったんです。もし死ぬのならあなたの……あなたの妻として死にたいと……そうなれたなら、私は幸せに死んでいける……」

ブランシュの言葉を聞いたサミルは、呼吸が止まったように口元を戦慄《わなな》かせた。

澄んだ碧い瞳で彼女をしばらく見つめ、強く歯を嚙みしめて空を見上げる。

生まれたての夜がしずしずと二人を迎えにきていた。

サミルは夜空に一つの星を見たあと、視線をまっすぐブランシュに戻した。

「ブランシュ……我が妻に……妻になってほしい」

彼は静かに愛を請うた。

実際に命を落としてもおかしくない一日だった。そしてその危険は今こうしているあいだも続いている。

駱駝も馬もなく、携帯している飲み物は水筒にあるだけ。ツルク軍に見つからなくとも砂漠の脅威に二人が呑み込まれる可能性は高い。

「……どうか我が妻に」

サミルはブランシュの両手を取ると、もう一度そう訊ねた。

明日をも知らない命なら、今この瞬間に悔いを残したくない――それは彼も同じだった。

ブランシュは声も出ないまま二度三度と頷き、握り合った二人の手の上に涙を零す。

「ブランシュ……今夜、ここで婚儀を上げよう」

「え……」

サミルの言葉に驚いたブランシュは少しのあいだだけ目を丸くしたが、すぐにその目に夜空の星が集まってきて輝きはじめる。涙を残したままの満面の笑みでサミルを見上げた彼女は、春の妖精のように喜びに満ちていた。

「でも……婚儀ってどうすればいいのかしら」

「さあ、俺にも詳しくは分からない。なにせ経験がないからな……」

「それはよかったわ！　五回目だなんて言われるよりいいもの」

「初めてだ。君と会うまでは誰かと結婚したいだなんて思わなかったし、俺みたいな片足で毛色の違う男に嫁ぎたいなんて酔狂な女もいなかった」

すべての桎梏《しっこく》を打ち払ったサミルも、ふわりふわりとどこか夢を見ているように微笑んでいた。

ブランシュは今まで見たことのなかった彼の表情に思わず見とれる。

普段は厳めしい顔つきが子供っぽくなる微笑は眺めるほどに愛おしく、気がつけば指先で彼の頰を撫でていた。

「正式な婚儀はどうすればいいか分からないが、俺は夜空の星すべてに誓うよブランシュ。この鼓動が止まる瞬間まであなたを愛し、守り、崇拝し続ける」

サミルは彼女が被っている布をそっと外すと、短くなった金髪を指に絡ませながら優しく誓いの口づけをした。

「ブランシュ……我が妻……」

唇の上で囁かれたその声に、ブランシュは本当に彼の妻になったのだと心に刻んだ。

口づけはブランシュの涙で塩《しょ》っぱかったが、すぐに甘くなっていく。互いを慈しみ合う口づけは、次第に情熱的なものに変化していった。

夢中で舌を押しつけ合い、唇は角度を変えながら浅く深く愛を語り続ける。

ブランシュの腹にはサミルの硬くなった雄茎が押しつけられていたが、彼はそれを隠そうとはしなかったし、ブランシュも肌に届くその力強さに悦《よろこ》びだけを感じていた。

「すまない……二人で迎える最初の夜なのに、柔らかな寝台も用意してやれない」

ブランシュから唇を離したサミルは自分の外衣を岩陰に敷き、そこに得たばかりの妻を横たえた。

ブランシュは彼がこれから何を求めているのか分かったが、戸惑いさえなかった。たとえ砂の寝台であろうと、星空の天井であろうと、夜風の壁であろうと、今はただサミルと深く繋がりたかった。

「痛かったら言ってくれ。初めてなので上手くできないかもしれない」

「え!?」

耳元で囁かれた彼の言葉に思わずブランシュは驚きの声を上げた。三十路《みそじ》を優に越えている彼がまさか女性との経験がないなど思ってもみなかったのだ。

男女のあれこれについて疎いブランシュでも、貴族たちに囲まれた生活をしていると情事の噂話を耳にすることはよくあり、独身男性がどのような生活を楽しんでいるのかは想像ができていた。

「でもなぜ……」

そう問いかけた声は、耳殻をべろりと舐められたことによって甘いため息へと変わった。

「イルザファ帝国の男たちは妻としか同衾《どうきん》しない。一夫多妻であるということは、男にそれだけの責任が課せられるんだ。俺は今日まで未婚だったからそういうことだ」

サミルは淡々と事情を説明しながらも象牙細工のようなブランシュの耳を丹念に舐め、彼女の服の下に手を入れる。彼の大きな手はそこにある胸の柔らかさを確認するように動き、やがてその先端をゆるゆると撫ではじめた。

「ただ本で色々と〝勉強〟はしていたから知識はある……今晩はその知識が正しいか試してみないとな」

「ああ……」

サミルが大して知識を披露する間もなく、ブランシュは細い嬌声《きょうせい》を夜に溶かしはじめていた。

話しながらもサミルは彼女の耳を舐《な》め尽《つ》くすように愛撫《あいぶ》し、胸の先端を指で優しく転がし、足の付け根に己の硬くなった欲望を押しつけている。

愛おしくて堪らない男に触れられているのだ。その事実だけでブランシュの肌は歓喜に震え、秘密の泉は潤いを湛える。

サミルはブランシュの服をすっかり脱がしてしまうと、舌と指で女性らしい曲線をくまなく辿っていった。蠟燭の灯り一つない暗闇では、触れあうことが明かりとなる。

ブランシュも脚を彼の脚に絡め、手を彼の心臓の上に置き、サミルの肉体を知ろうとしていた。

最初、サミルの愛撫はどこか自信なさげで穏やかだった。しかしブランシュの啼《な》き声《ごえ》が大きくなるにつれ、それは大胆なものへと変化していく。

「んっ……ぁあ、サミル……」

「どこが感じている？　ここか？」

「そんなの……わからなっ……ん、ぁああ……」

サミルは胸の先端を口に含んで唾液と共に舐めながら、指でもう一方の胸の先端をコリコリと弄《いじ》る。それだけでも身体の奥底から喜悦が湧き起こってくるのに、彼は猛った雄茎で薄い茂みに隠された敏感な芯を執拗《しつよう》に擦り上げていた。

もう少し明るければ、胸の蕾《つぼみ》も下肢の蕾も開花を待ちわびるように赤く膨らんでいるのがサミルにも見えただろう。

くちゅくちゅと淫靡《いんび》な音が二人のあいだから奏でられ、荘厳な夜が艶めく。

「濡れてるな」

組み敷いた妻の身体の変化を知ってサミルは嬉しそうだったが、それが行為への準備なのだとも知らないブランシュは羞恥に頬を染め、両足をぴたりと閉じた。

「ブランシュ、愛の技巧について俺は慣れていないんだ。協力してもらいたい」

唇の上でそう囁かれては脚の力を緩めるしかない。ブランシュがおずおずと彼に従うと、力強い手が左右の太ももをさらに広く開ける。

「なっ！　やめ……っ！」

不意にサミルの乱れた吐息が下肢の茂みをくすぐり、ブランシュは驚きで心臓を飛び上がらせた。

慌ててその恥ずかしい体勢から逃れようと体を捻ったが、本から得た知識を試してみるつもりのサミルは、彼女の可愛《かわい》い抵抗を笑っただけで力を緩めようとはしない。

「申し訳ないが、こうされるのも妻の務めだ」

「んんっ！　……ぁああっ！　そんな、だめ……そこは……」

サミルの舌が慎ましやかに閉じる二枚の花弁を広げる。その奥に隠されている芯はすでに熟れ、さらなる刺激を求めているようにつんと尖っていた。

「……っ！」

そこを唇できゅっと吸い上げられ、ブランシュは声を失った。

ぴりぴりとした刺激がその一点から全身に広がったかと思うと、体中に花が咲いたように甘い悦びが追いかけてくる。

サミルはその下肢のしこりを集中的に舐め回し、止《と》めどない快感を次々と送り込んできた。

「あっ……あっあっ……」

自分の身体に隠されていた秘密にブランシュは驚き、溺れ、酔いしれる。いつしか腰が浮き上がり、ものほしそうに揺れていた。

短い間隔で吐き出される切なげな呼吸音は、砂漠の乾いた空気に湿度を与える。

サミルは自分の愛撫でこれほどの反応を見せるブランシュがなお愛おしく、さらに舌先を尖らせて圧を加えていった。

「ひぅっ……ぅう……っ」

ぷっくりと硬くなったそこをほじられるように刺激され、ブランシュは喉の奥で動物的な嬌声を詰まらせる。

「サミ、ル……何か……」

パチパチと火花を放つ快感が背筋を駆け上がるほどに、自分が肉体から離れていくよう

な不思議な感覚があった。それはどこか恐怖にも似ていてブランシュを戸惑わせる。

世界が揺れている気がして無意識に手をぎゅっと握りしめると、その上にサミルの手が重なった。

(大丈夫、怖くない……)

手のひらにサミルの体温を感じると、ブランシュは快楽を素直に受け入れることができた。薔薇のように赤く染まった肌はひくん、ひくんと何度も痙攣《けいれん》を繰り返しながら上りつめていく。

サミルは咲き乱れる妻の様子を上目遣いに堪能《たんのう》しつつ、これ以上ないというほど硬くなったその小さな粒をさらに舌全体で愛撫する。

唾液と愛液が絡まり合った淫猥《いんわい》な水音にブランシュの愉悦の声が重なった。

「んっ……もう……ぁ、ああっ!」

自分が自分でなくなるような感覚が最高潮まで達したその瞬間、ブランシュの身体がびくびくと跳ねた。

体の中心を突き抜けていく強い快感――初めて経験したブランシュは性の悦びに圧倒されていた。

強く打ち鳴る心臓の音を聞きながら、彼女の意識はどこか遠い場所を旅し続けている。

そこは決して乾いた砂漠などではなく、スモモの匂いが詰まった楽園だった。

サミルは快楽を貪る妻の身体を満足げに見下ろしていたが、彼の一部はもう限界だと訴えていた。痛みを伴うほど強く張りつめた雄茎を手で慰めながら、彼は愛おしい者に許しを請う。

「ブランシュ、お前がほしい」

ブランシュの意識はその意味を理解していなかったが、体はきちんと準備を整えていた。

サミルが先走りに濡れた先端をゆっくりと押しつけると、愛の扉は素直に彼を迎え入れた。

「んんっ！　サミル……」

突然やってきた圧迫感にブランシュの腰が思わず逃げる。

以前読んだ「繁殖と育児」で夫婦がどのような行為をするかはなんとなく知っていたが、実際に経験してみるとそれは無理がある行為のように思えた。

小柄なブランシュに対し、サミルの欲望はあまりにも大きい。

「悪い……もう少し我慢してくれ。しっかり繋がりたい」

「ああぁ……サミル、無理よ……あなたの、大きくなりすぎて……んっ！」

「もうすぐ、全部、挿る……」

サミルはブランシュの身体を気遣いつつも、柔らかな腰を掴むとさらに奥を目指す。

ブランシュは彼の熱が自分の深い場所まで押し入ってくるのを感じながら、闇のなかで光る碧眼を見ていた。

この美しい瞳のなかに自分がいるのだと思うと、幸福感が体中に満ちてくる。

「これで全部だ……根元まで、繋がってる」

「ん……うれしい」

痛みはあったが喜びの方が大きく、ブランシュは腕を伸ばすとサミルを抱き寄せた。

彼とぴったり身体を添わせると視界に夜空が広がり、天地に抱かれているようだった。

サミルははぁはぁと荒い息を吐きながらいたわるように妻の髪を撫でていたが、実のところ余裕などない。初めての経験に圧倒されているのは彼も同じなのだ。

一度絶頂を迎えすっかり熟れきったブランシュの内側は、淫らに彼を締めつけていた。

「少し、動く」

食いしばった歯のあいだからそれだけ短く言った彼は、腰を遣いはじめる。

「あっ、ふ……」

サミルが動くとずにゅりと熱塊が内壁の肉を擦った。

隘路《あいろ》を押し広げ、退いてはさらに奥深くまで突き上げる原始的な動きにブランシュは我知らず呼吸を合わせる。誰かに教えられたわけでもないのに、二人は的確にお互いを高め合うことができていた。

ブランシュはもう羞恥を感じることもない。ただ彼との結合を全身で感じ続けた。

体と心を繋ぎ、汗と呼吸を混ぜ合い、呪文のように愛を呟く。

それはとても尊い行為で、愛する人としかできないものなのだとブランシュは思う。そして今こうしてサミルと一つになれている奇跡を思うと、強い喜びで心が締めつけられた。

「……大丈夫か？」

ブランシュの切ない表情を心配してサミルが動きを止めた。

「大丈夫……なんだか夢みたいで……」

「夢のようなのも悪くないが、気持ちよくなってもらいたい。俺ばかり楽しむのは気が引けるからな」

サミルはブランシュの首筋を甘く嚙みながら、深く繫がった状態で腰を小刻みに揺らす。

「あっ！　ぁああ……んっ、そこ……」

「ブランシュのいいとこはここか……奇遇だな。俺もこうしていると気持ちいい……」

サミルは己を必死に制御しながらブランシュの最奥を慈しむ。

ずにゅずにゅと雄茎の先端でそこを擦られるほどに、泉が潤い二人を濡らした。

ブランシュは自分の胎内に蓄積していく快感に溺れ、か細い声でさらなる愛を請う。

「もっと……サミル、これ、あぁぁ……すごい」

「もっと、か。悪くない」

ブランシュは自分の夫がどれほどの忍耐で妻に負担をかけないように動いているのか、気がついていなかった。

無邪気に〝もっと〟とねだられ、サミルの箍《たが》が外れる。

ブランシュが「きゃっ」と小さく叫んだのは、脚を高く上げられたからだ。

サミルは神に見せつけるかのように結合部分を天に晒すと、鋭い角度で彼女を貫きはじめた。彼の巨軀はさらに大きくなったように筋肉を強張らせ、ブランシュの上に汗を落とす。

一突きされるごとに快感がブランシュのなかで弾け、もう自我を保っていられない。

二人は一組のつがいとなって、ただ夢中で貪り合った。

「限界……」

サミルがそう呟いた時、激しい動きがぴたりと止まった。そしてその刹那、ブランシュのなかで熱が爆《は》ぜる。

自分の胎内を満たしていく愛を感じながら、ブランシュは泣いていた。

はらはらと零れる涙の理由をサミルは聞かない。

ただ泣きながら笑っている美しい妻の表情をもっとしっかりと見たくて、強く抱き寄せた。

◇◇◇

目覚めると青空が見下ろしていた。雲一つない空である。

その空の一片を切り取ったような外衣が自分の上にかけられているのに気がついたブランシュは、持ち主を探して辺りを見回す。

するとすぐに風に乗って「プー」と柔らかい音色が耳に届いた。

「角笛……」

いつもサミルが旅団を統率する時に使っている角笛だとすぐに気がつき、音のした方角に目を凝らした。

サミルはブランシュから少し離れた場所にぽつりとある巨岩の上に立っていた。

昇りゆく太陽が逆光となりその姿ははっきりとは見えないが、砂漠という壮大な自然を前に威風堂々としている姿はサミルそのものだった。

　彼の立つ巨岩は風に削られて杯のようなおかしな形をしている。義足の彼がどうやって登ったのか不思議なほどの奇岩だが、それを難なくしてしまうのがサミル・ムスタファ・パシャという男だった。

　ブランシュは乱れた服装を整え、手櫛で髪を梳《と》かす。いつもなら乾燥を避けるために肌にスモモの香油を垂らすのだが、駱駝ごと荷物を失ってしまったので旅に必要なものが手元に何もなかった。

（結婚の一日目ぐらい、もう少し綺麗でいられればよかったんだけど……）

　ブランシュは乾いてひび割れそうな自分の唇を指でなぞりながら、昨夜の婚儀を思い出し、一人頬を染めた。

「身体はしんどくないか？」

　身繕いを整え終えた頃に頭上で声がしたかと思うと、サミルがいつの間にか戻って来ていた。

「昨晩は無理をさせてしまった」

「いえ、あの……」

　サミルを目の前にすると昨夜の艶事をありありと思い出し、ブランシュは顔を上げられない。しかし上目遣いにこっそりとサミルを見ると、隣に座った彼の顔もほんのりと赤くなっていた。

その奇異な様子にブランシュは思わず彼を凝視する。この堅物で無愛想な男が照れているという事実が信じられなかったのである。

「ジロジロ見るな」

ブランシュの視線に気がついたサミルは苦笑すると、恥ずかしさを紛らわせるようにヒョイと腕を伸ばして彼女の鼻を指で摘まんだ。

そんな気の置けない行為をしてくるのが嬉しくて、ブランシュは頬を緩ませると身体を彼に寄せる。

「とても幸せな夜でした。今も幸せです」

「ああ……そうだな。幸せだ」

サミルはまだ顔を赤くしたまま妻を抱き寄せると口づけを贈った。

唇から気持ちを共有するようにゆっくりと口づけを交わし、一晩ですっかり馴染んだ身体を押しつけ合う。

「喉が渇いているだろう」

ブランシュの唇に潤いがなくなっていることに気がついたサミルは、腰に下げている水筒を自分の口に含むと、もう一度妻に口づけをした。

彼を通してブランシュの喉に水が送り込まれてくると、それは全身に潤いを届ける。

ただし量としては少ない。

二人の持つ水筒を合わせても、水は一日、二日でなくなる量しかなかった。砂漠は昼夜の寒暖差が大きく、これからどんどん気温が上がることを考えると節約して飲んでいくしかない。

「ツルク軍はもうこの近くにはいないようだ。あれぐらいの人数が動いていれば砂埃が立つから分かる。味方も含めて近くに人の気配を感じない」

「そう……」

「ここにいて仲間たちと合流できるかどうかは分からないが、この場所から一番近くの村まで行くには俺の足でも四日はかかる。君の足なら五日……今ある水の量を考えると、へタに動かない方がいい」

サミルは淡々と現状を告げたあと、ベルトにぶら下げてある小袋から木の実を出してブランシュに差し出した。

ブランシュは空腹を感じなかったが、彼の視線に促されていくつかの木の実を口に入れる。

木の実は小さくても栄養価が高い。満腹とはほど遠くても、小袋に入っているいくつかの実だけで二、三日は何とかなりそうだった。

問題は飲料水である。

人間がいかに簡単に脱水症状を起こし、それが意識の混濁に繋がるか身をもって経験しているブランシュは、太陽が昇っていくほどに死が迫ってくるのを感じずにはいられなかった。

それはサミルも同じなのだろう。彼は強くなっていく日射しと戦うように外衣で簡易の日除《ひよ》けを作ると、日陰になった場所の砂を深く掘った。

「地表は熱くなるが、地面の下には冷気が溜まっている。ここに横になれば少しは暑気が避けられるだろう」

サミルはブランシュの手を取ると、出来上がった砂の寝床に導いた。

眠る時間などではないが、今は体力を温存させることが二人の命を繋ぐ。ブランシュとサミルはこれまでの距離を埋めるように寄り添って横になった。

彼の言った通り地中はひやりと肌に心地よく、ブランシュは愛する者の心音を聞きながら眠る幸せを全身で感じる。

世界の果てで二人きり。誰に邪魔されることもなくここで死を迎えられるのなら、それは幸福なのではないかとさえ思った。もし命が助かればジャリル帝との結婚が待っているのだ。ブランシュにとっては生き延びて旅の続きを再開する方が地獄だった。

（このままここで……）

しかしブランシュはそんな不吉な願いを声にすることはできない。サミルはあまりに生命力に溢れ、死を受け入れるのにふさわしくない男だった。

死ぬのなら自分一人でいい――ブランシュはじりじりと高くなっていく太陽を感じながらそう思う。

「暑さがひどくなってきたな……」

瞼を閉じて横になっていると時間の経過が分からなかったが、太陽の動きがそれを伝えていた。真上に昇った太陽は砂漠の気温を上げ、二人から日陰を奪う。

サミルは再びブランシュに口移しで水を与えると、少しでも涼を得られるように穴をさらに深く掘りはじめた。

ブランシュも起き上がって穴掘りを手伝おうとしたが、砂を一掻きもしないうちにサミルにとめられた。

「綺麗な爪に砂が入ってしまう」

「でも……」

「男の仕事だ」

サミルはブランシュに手伝わせない。涼を得るためとはいえ、炎天下で道具もなく穴を掘るのは重労働なのだ。サミルは彼女が体力を使うことを許さなかった。

「俺は君の五倍は体力がある。五倍は動けるから心配しなくていい」

サミルは穴を掘り広げ、そこに再びブランシュを寝かせると汗の滲んだ顔で笑った。

サミルの笑顔は今までに見たことがないほど穏やかで、彼を見ていると本当に大丈夫なのだとブランシュは安心できた。

穴に横になると深く掘られた部分が肌に気持ちいい。刻一刻と肌が熱せられていくなかでは、わずかな冷気もひとときの楽園に感じられた。

ブランシュは瞼を閉じ、サミルの手を握って現実とも夢とも分からぬ虚ろな世界を漂う。

時折、風が砂を動かす音が聞こえ、目を閉じているといつか遠い昔に聞いたさざ波のようにも聞こえた。

「海を見たいわ……港には子供の頃に行ったことがあるの……あなたの瞳みたいにキラキラした青い海だった……」

砂漠の真ん中でブランシュは海を夢見る。

眠りに落ちるには、乾いた肌に容赦なく刺さる日射しがそれをさせてくれない。だから儚い絵空事を思い描き、現実を忘れようとした。

「俺の屋敷は高台にあるから海を見下ろせる……君を迎えるのが楽しみだ……男むさい屋敷だから少し手をいれなければいけないな」

ブランシュの夢にサミルがやってきて、掠れた声で未来を見せた。

そんな未来などないのだと分かっていても、ブランシュは嬉しくて堪らない。彼女はサミルの引き締まった胸に頬を擦り寄せ、彼の〝男むさい屋敷〟を想像し、頬を緩ませた。

「どんな家でもかまわないけど、庭にスモモの木を一本植えてほしいの……美味しい実がなるのよ。毎年、今頃の季節には宮殿の庭で侍女たちとスモモ狩りをしたわ……」

「ふるさとの味か……妻のためなら庭中をスモモの木で埋め尽くすよ」

二人はくすくす笑い合い、口づけを交わす。しかし二人の唇は乾き、枯れ葉のようになっていた。

太陽は休みなく二人を苛み続けている。いくら日陰を作っているといっても、外衣で作った簡易的なものでは大して暑さもしのげない。

二人のお喋りもすぐに続かなくなってしまった。喉の渇きで呼吸さえも簡単ではなくなってきたのだ。

今はもう、生きていくだけで精一杯だった。

「ブランシュ……水を飲むんだ……」

うつらうつらとするブランシュにサミルは口移しで水を飲ませる。そうしなければ貴重な水を彼女は飲もうとはしかなった。

サミルはブランシュの繊細な肌が赤くなっているのを見ると自分の体で影を作り、地表が熱せられてくるとさらに砂を掘り、なんとか妻を守ろうとした。

横たわる彼女の肌は汗に濡れ、砂が付着している。

しかしサミルの肌は今にもひび割れていきそうに乾ききっていた。

彼はもう汗も出ないのだ。

ブランシュが自分が寝ていたと気がついたのは、サミルの角笛で目覚めた時だった。

辺りはもう暗くなってきていて、顔を上げると夕日が彼を朱色に象っている。

「プー」と鳴る角笛はもともと穏やかな音色だが、まだ夢のなかにいるように弱々しい。

彼が助けを求め仲間を呼んでいるのは分かっていたが、広大な砂漠を前にしてはそれも無駄な努力のように思えた。

「サ、ミル……」

彼の名を呼んだが、喉にやすりをかけられているような痛みで声になっていかない。

ブランシュは気だるく横たわったまま、空に向かって角笛を吹く彼を見上げていた。

彼女が目覚めていると気がついていないのだろう。サミルは角笛を口から離したあと、深々とため息を吐き出した。それはいかにも溢れた疲労を吐き出すようで、いつもの彼らしくない。

しかもそのため息がまだ終わらないうちに彼の右足ががくりと落ち、跪《ひざまず》く姿勢になった。

「サミル……」

「義足が重いなんて……情けないな」

サミルは右足の靴を脱ぎ捨て義足を剝きだしにすると、膝の少し上に位置するベルト式の留め金を外す。

カチャッと金属の擦れる音がして、ブランシュの前に彼の右足が放り出された。

サミルが義足を外している姿を見るのが初めてだったブランシュは、それを凶兆のように感じてぞくりと鳥肌を立てた。

「サミル、あなた……」

沈んでいく陽光に照らされた彼の横顔には生気がない。目は落ちくぼみ、唇は土色でひび割れている。

ブランシュは慌てて体を起こすと自分の水筒を手に取った。

（まだ水がこんなに残っているなんて……）

水筒の重さにブランシュはハッと真実を突きつけられた。

今までブランシュは口移しで水を与えられており、サミルが水筒に口をつけているのを見ていたので、当然、彼も水を飲んでいるのだろうと思い込んでいた。しかし彼は自分自身のためには一滴も飲んでいなかったのだ。

しかもブランシュに陰を与えるため、サミルは体を陽光に晒し続けていた。砂を掘って窪《くぼ》みを作る作業も体力を大幅に削る要因だっただろう。

〝死ぬのなら自分一人でいい〟そう考えたのはサミルも同じだったのだと知ると、ブランシュはもっと早くに気がつかなかった己に怒りを感じた。

「サミル、水を……」

「俺はいい……君が飲むんだ。俺が逝ったあとも角笛を吹き続けろ。仲間と合流するんだ……生きてくれ」

「バカなこと言わないでよ！」

ブランシュは無我夢中で水筒の水を口に含むと、サミルに口移しで与えた。彼が首を横に振ってそれを拒絶しても、両手で頬を固定して無理矢理飲ます。

やがてサミルは抵抗する体力さえないのか、それとも死ぬ時は二人一緒にと思い直したのか、ブランシュの唇を通してやってくる水を嚥下しはじめた。

もう十分だろうという量の水を彼に飲ませると水筒の水はかなり減っていた。二人で分ければ一回分にも満たない量である。

しかしブランシュにはもう不安はない。幸せな絶望のなかでただ彼と共にいられることだけを感じた。

ブランシュとサミルは手を握り合い、二つの体を重ねて眠りについた。

そこは無限の砂でできた二人の棺《ひつぎ》であった。


「サミル？」

喉の渇きで深夜に目覚めたブランシュは目の前に碧眼が光っているのを見て、それがサミルのものであると思った。

しかしすぐに「グルルル」と唸り声を耳元で聞いて異変に気がつく。明らかに獣の唸り声だった。

「きゃっ！」

「ギナ、待ちくたびれたぞ……」

思わず上げた叫び声にサミルの声が重なって、ブランシュは闇に溶けた獣の正体を知る。

クロヒョウのギナはネコ科独特の唸り声を上げながら、サミルとブランシュに体を擦りつけて再会を祝った。柔らかな獣毛が二人を包む。

広大な砂漠を前に角笛の音色など助けにはならないと思っていたブランシュだったが、サミルは最初から人間ではなくギナの聴覚を当てにしていたのだ。

決して忠犬的ではないギナは四六時中主人と行動を共にしているわけではない。特に砂漠に入ってからは餌が十分ではなく狩りに励んでいたため、行動を別にしている時が多かった。それですっかりブランシュは彼の存在を忘れてしまっていたのだ。

ギナの背後では赤い灯火がゆらゆらと揺れながら二人に近づいてきていた。それがイルザファ帝国特産のオイルランプであることは言うまでもない。

ギナが探し人をとうとう見つけたのだと知った仲間たちは、口々に「ブランシュ様」「サミル指揮官」と名を呼びながら砂を蹴って駆け寄ってくる
——助かった。

ブランシュは乾きで涙を落とすこともできないまま泣いていた。

一度は諦めた命だったが、助かるのだと思うと強烈な生への執着が湧き起こってくる。

いくら死んだ方が楽だと自分に言い聞かせても、彼女の本能が死を拒み続けていたのだ。

サミルの手がやって、ブランシュの手を力強く握った。

砂と共に握ったその手から、彼もまた生への執着に足掻《あが》いていたのだと分かった。

◇◇◇

「あれが王都アジュール……」

ブランシュは窓の向こうにうっすらと見える赤い光を眺め、小さくため息を吐き出した。

王都はまだ遠いが、この町ナイシンからも光塔《マナーラ》と呼ばれる烽火《ほうか》塔が王宮の白い壁を赤く照らす様子は見えた。

燃える水を光源に昼夜問わず輝く塔は、砂漠や海を越えてやってくる旅人たちの目印となっている。

砂漠の旅を終えようとしているブランシュたちは、王都の隣町までやってきていた。

ツルク軍の攻撃による大打撃があったせいで彼女を含め多くの者たちが体力の限界にあり、一度足を止めてこの町で休養をとる必要があったのだ。

「昼ごはんです」

少々おかしな発音のエストライヒ語が扉の向こうから聞こえてきて、ブランシュは窓から視線を逸らすと扉を開けた。

いつもの赤い衣を纏った副官のバンダルである。

彼は部屋に入ってくると、焼きたてのパンや肉の串焼き、スイカなどが盛られた大皿をテーブルの上に置いた。

「体はどう？」

「よくなりました。あなたの方はどうですか？」

ブランシュの問いにバンダルは眉を顰め、「あまりよくない」と言うように首を左右に振った。彼はサミルのように流暢《りゅうちょう》なエストライヒ語を喋れるわけではないが、簡単な会話なら可能だ。

砂漠で仲間たちとちりぢりとなり命を落としかけたブランシュとサミルだったが、危険な目に遭ったのは二人だけではない。あの戦闘のなかで深手を負った者は多かった。なにせ戦うにも剣が錆びているという非常事態だったのだ。

バンダルも負傷した一人で、右肩に剣を受けた傷により現在も腕が上がらない状態にある。赤い衣に目立つ白い巻軸帯が痛々しい
しかしそれでも幸運だったといえるだろう。二十人いた男たちは八人にまで減っているのだから。

「俺も昼ごはん食べに市場に行ってくる。何かいるか？　服は足りてる？」

「大丈夫です。服はたくさん買い直してもらったので十分あります。ありがとうバンダル」

ブランシュは暗い顔にならないよう、無理に笑顔を作った。

厳しかった砂漠の横断を終えようとしている今も、ブランシュの苦難は続いていた。いや、本当の苦難は砂漠の旅を終えようとしている今、始まったのかもしれない。

「サミルもすっかり元気になった」

バンダルはいつもの人懐っこい笑顔でそう言い足すと部屋を出て行った。

「サミル……」

ブランシュは再び一人になると愛おしいその名を声に出す。

こうして文化的な暮らしに戻ってみると、砂漠で愛し合った夜が夢か幻のように感じられた。しかし身体はしっかりと〝夫〟の存在を覚えていて、執拗に彼を求めている。

ギナの活躍により砂漠で仲間たちと合流して以降、ブランシュとサミルは二人きりで会う機会がないままだった。

お互いに衰弱がひどく、この三日間は睡眠を多くとり、療養に努めていたのだ。

今日になってやっと部屋のなかを歩き回ることができるようになって、ブランシュは朝から彼に会いにいくべきかどうか迷っていた。

〝サミルも元気になった〟というバンダルの言葉を聞くと、ますます彼の様子を確認しに行きたくなる。

(これからのことも話さなくては……)

サミルが自分を想ってくれているのは確信できた。しかし彼の将来を考えると、これ以上を望んではいけないのだともブランシュは思う。

この愛を貫けば、サミルの総軍指揮官という地位も皇族としての地位も失われる。それどころかイルザファ帝国、エストライヒ王国だけでなく友好国にも居場所を得られない身の上となり、二人は世界を彷徨《さまよ》うことになるだろう。

自分の想いにサミルを巻き込んではいけない――理性ではそう思っているのに、ブランシュの魂は叫んでいた。世界の果てまで連れて逃げて！　と。

しかしブランシュは時間をかけて髪を梳かし、自分の気持ちをしっかりと心の奥底にしまい込んでから自室を出た。

向かいにあるサミルの部屋の扉の前まで来て、もう一度深呼吸をする。頬を指で引っぱり、強張りそうな表情を無理矢理ほぐすとノックを二回した。

「どうぞ」

少し慎重な彼の声は、足音だけでブランシュだと分かっていたことを告げていた。

「あ、ごめんなさい。お取り込み中だったら出直して……」

彼女が慌ててそう言ったのは、寝台に腰掛けたサミルは髭を剃《そ》っている真っ最中だったからだ。

イルザファ帝国の男たちは、皆、髭を豊かに蓄えて威厳を示す。しかしサミルは無精《ぶしょう》髭《ひげ》が少し伸びることはあっても髭を意識的に伸ばすことはなかった。

ブランシュにはもう、その理由が分かっていた。

色素の淡い自分の髪質を、サミルは嫌っているのだ。

「もうすぐ終わる」

サミルは鏡も見ずに手触りだけで顎に短刀を滑らせていく。

髭が剃られた部分から彼のがっしりとした顎の線が露わとなり、整った顔が完成されていった。

（綺麗な人……）

慣れた様子で髭を剃るサミルを見ながらブランシュはしみじみとそう思い、秘やかに心をときめかせる。

全体的に見ればその体格のよさから豪傑な印象が強いが、目や鼻や指や皮膚や骨格、その一つ一つの部位を取り出して見てみると、サミル・ムスタファ・パシャという男は実に美しく繊細に作られた人間だった。

「……そんな顔で俺を見るな」

短刀の動きが止まった瞬間、碧眼だけがくるりと動いてブランシュを捉える。知らず知らずのうちに彼を凝視してしまっていた自分を恥じ、ブランシュは慌てて視線を逸らせた。

「そんな顔って、どんな顔です？」

「この女は俺に惚《ほ》れているんだと思わせるような顔だ」

「……嫌なら惚れさせなければよかったのに」

「嫌ではない」

すっきりと髭を剃りおとしたサミルは小刀を机の上に放り投げると、腰を上げた。

死を感じた間際に外していた義足も今はきちんと装着され、いつもの健康的な彼に戻っていた。

いや、健康的どころではない。現在の彼は雄としての妖艶さを伴っていた。

いつもは布で隠している髪が今は露わになっていることも要因だろうが、それよりも内面の艶やかさが滲みだしているのだ。

サミルにとってブランシュは初めての女性だった。神秘的ともいえる男女の交接を体験したことにより、彼の本来持っていた魅力の一つが危険なほどに成長をはじめたのだ。

そして内面の変化が外面にまで影響しているのはブランシュも同じだった。初めて経験した愛の歓喜が、彼女を大人の女性へと開花させていた。

自然界において花々は独特の香りでミツバチや蝶《ちょう》を誘引《ゆういん》するという。ブランシュはまさに今、我知らずサミルを誘引していた。

「元気そうでよかった……すまなかった。危険な目に遭わせて」

サミルの中指がするすると彼女の頬を擦り、顎の傾斜をすべり落ちていく。

指一本なのに彼に触れられていると、痛みなのかと思うほどそこが敏感になっていくようだった。

「砂漠であなたと二人きりでいた時、私は本当に幸せだったんです。死んでもかまわないと思っていました」

「君の死を目にしたら、俺は狂ってしまうだろうな。ブランシュ、まだ油断しないでくれ。今回の旅は何か匂う」

「匂う？」

「研ぎ屋に出した者たちの剣が錆びついていた。剣は研磨の仕上げに油を塗るんだが、その代わりに塩水を塗られていたらしい。それに砂漠の横断は慎重を期し、わざと複雑な経路で王都を目指していたにもかかわらず、ツルク軍に見つけられてしまった」

「サミル……」

ブランシュが切なげな声を漏らしたのは、彼の指が首筋を撫ではじめたからだ。サミルの指は首の付け根まで下りると今度はつっーと上に向かって逆走をはじめ、耳の後ろまで来るとそこをゆっくりと撫でた。その動きは官能的で、ブランシュの開花を早める。

「ツルクは戦闘的な騎馬民族だが、戦い方は単純なんだ。力と力の戦いを美学とする。ツルク軍にしては……あまりに策略の匂いがする」

「それは――」

〝それはどういうことですか?〟と訊ねようとしたブランシュだが、声を発することができなかった。

サミルが唇を重ねたのだ。

砂漠ではお互いに乾いた唇だったが、今はしっとりと潤っていて簡単には離れない。

さらに彼は空いている方の腕で強くブランシュの腰を抱き、自分の方に引き寄せた。離したくないという気持ちがサミルの四肢を勝手に動かしていた。

ブランシュが開花するように上下の唇をそっと開けると、サミルはミツバチのごとくそのなかに舌を差し入れる。

彼の巧みな舌は口腔でうごめくほどに、彼女が心の奥にしまい込んだ本心を引き出していった。それは愛を土壌にして育った肉欲だった。

二枚の舌は粘着質な水音を立てながら執拗に擦り合わさり、熱を発して蕩《とろ》けていく。

ブランシュの腹部にはひどく硬くなったサミルの雄が押しつけられており、生地越しにでも茎に走る血管がドクドクと脈打つのが分かった。

その生命の慟哭《どうこく》は彼女の劣情を掻きたてていく。

「ブランシュ……もう二度と、お前には触れまいと思ったのに……」

「触れて下さい……どうかボロボロになるまで触れて、壊して……」

砂漠の夜は明かり一つない暗闇だったが、今は窓から差し込む太陽が二人を照らしている。

ブランシュもサミルもお互いの赤くなった肌や潤んだ瞳、わななく唇に至るまですべてが見えており、求め合う気持ちが視覚からも伝わってきていた。

サミルは彼女から視線を離さないままゆっくりと服を脱ぐと全裸になった。時間をかけて脱衣したのは、自分の気持ちを落ち着かせるためである。

しかしそのせいでブランシュは砂漠での戦闘によって彼の皮膚に新たな傷が増えたことも、少し痩せて筋肉がより目立つようになったことも、下肢の一部がどれほど彼女を求めているのかも眼に刻むことになった。

「……いいか？」

消え入りそうな声でサミルは最後にもう一度確認した。

荒くれた男たちを率いる彼が、これほど自信なさげに許しを請う姿が愛おしく、ブランシュは微笑みながら頷く。

サミルは自分が服を脱いだ三分の一の時間でブランシュの服を奪うように脱がしてしまうと、日焼けで少し赤くなった肢体を寝台に横たえた。

彼の体重を感じながら口づけを交わしていると、砂漠で抱き合った時の記憶が蘇《よみがえ》ってきてブランシュは濡れていく。

しかしここから溢れる体液は不浄なのだと認識がある彼女は、そうなってしまうのが恥ずかしくて仕方がなかった。砂漠で愛し合った時はサミルの唾液によって濡れた感覚があったが、今は間違いなく自分の内側から溢れ出しているのだと分かる。

「ブランシュ……体の力を抜いて」

「でも……」

ブランシュが恥ずかしさで身体を硬くすると、それに気がついたサミルがすかさず口づけで励ます。

彼としてはふんわりとした茂みの奥に隠された秘密を暴きたくて仕方ない。

「サミル、あの……」

「ん？」

「濡れているので……」

「……どこが？」

「その……何と言えばいいか……」

「ここか？」

「んっ！　……いけません、サミル」

「ブランシュ、君の素直な性格がとても好きだよ」

慎ましやかに生えている茂みの奥に骨張った指が入ってきて、ブランシュは反射的に後ずさった。

しかしサミルはそんな彼女の動きも計算ずくで逃さない。指はさらに奥深く、愛の小径に進んでいく。彼の長い指がゆっくりと動くたびに、こぷり、と蜜が溢れてきた。

ぬめる指が内側で動くほどに、ブランシュの体のあちこちで火が点っていく。

「だ、め……」

「分からないかブランシュ、これは俺を受け入れるためなんだ。恥ずかしいことじゃない……俺のこれが硬くなるのと同じだ」

サミルはそう言い聞かせながらブランシュの潤いを指に絡めると、蜜口の少し上に隠れている花芯をきゅっと押した。

その途端にビクンッとブランシュの体が跳ね、体内で静かに点っていた火が一気に燃えさかる。

「ぁあっ……そこは……」

「女がよがる箇所だと、とある書物で読んだ。書物には書かれていなかったが、君の声を聞くと俺も気持ちよくなるようだ」

「んんっ！　ふっぁ、変な本を読まないで、下さい」

「女性はそういう本を読まないのか？」

「え！　あ……あぁ、〝繁殖と育児〟なら……そこ……何だか……ぁあっ」

サミルの指は芯を絶え間なく苛んでいた。

砂漠での交歓でそこを舌と唇で愛撫されたことのあるブランシュだったが、指でこの敏感な部分を触られたことはなかった。

今日の彼は愛の技巧をすべて試してみようとするように遠慮がない。愛液で泥濘んだ芯を中指と人差し指で優しく挟むと、クニュクニュと円を描くように動かしはじめる。

それはあまりにも明確で甘美な快感だった。

ブランシュが手の甲を噛んだのは、子猫のような啼き声が自分のものだと気がついたからだ。

「君が読んだ〝繁殖と育児〟の本には何と書いてあった？」

「え？　あの……か、体の一部を繋げる行為だと、か、書いてあって……」

「なるほど、ずいぶんと簡単な説明なんだな」

「私、ずっと……体の一部とはどこなのだろうと……疑問に思っていました」

サミルは彼女の純朴な発言に頬を緩ませ、繋がる部分を示すように再び蜜口の奥へと指を滑らせた。

指で内側の肉を擦られるほどに、ブランシュは胎内で音楽のようなものが響くのを感じていた。与えられる快楽は芯の部分よりも深く、重い。熟れたスモモのように赤くなった胸は止まらない痙攣で何度も揺れた。

「……ぁあ、サミル。そんなの……」

「俺が読んだ本は〝繁殖と育児〟より有益だったようだ」

サミルはその有益な情報を実践すべく、ブランシュの隘路を指で擦りながら膨れた女芯を唇に挟むとじゅるっと吸い上げた。

最初は優しく、そして徐々に吸引を強くしていく。

「ぁ、あ、あ、あ……」

ブランシュの声はもう言葉になっていかない。指で与えられる刺激と口で与えられる刺激が絡み合い、強烈な愉悦となっていく。声が漏れないように自分の手で口を押さえながら、彼女は大嵐のような快感に耐え続けるしかない。

しかし長くは保たなかった。

「はぅっ！　ぁ、んんっ！」

指と舌で丹念に慈しまれ、溜め込んでいた快感が決壊を起こす。

ブランシュは肢体をガタガタと震わせ、サミルを抱え込むような体勢で一気に最高潮を迎えた。

砂漠の夜でもないのに、彼女の視線の先には星が瞬《またた》いている。キラキラと輝く星々は彼女の上に降り注ぎ、祝福をした。

◇　◇　◇

（なんて愛らしい……我が妻）

サミルは乱れた呼吸でぐったりと横たわるブランシュを見下ろし、溢れてくる愛情にため息を漏らした。絶頂を迎えたばかりの彼女はしっとりと汗に濡れ、朝露に濡れる花に似ている。

砂漠での危機を乗り越えこの町に到着した時、サミルはもう二度とブランシュに触れまいと決めた。

もし二人の仲が明るみに出たら、それは死を意味することになるからだ。

彼女のためなら自分の命など惜しくはない。しかし生粋の王族として何不自由なく暮らしてきたブランシュの運命を狂わせる資格など、自分にはないと思った。

(俺はなんて強欲で堪《こら》え性《しょう》がないのだろう……)

決めたはずだったのに、ブランシュが扉を開けて入ってきた瞬間、唇を奪い、服を脱がせ、寝台に押し倒してしまいたいという欲望が津波のようにやってきて理性を呑み込んでしまった。

いつもなら冷静に計算高く対応できる彼も、ブランシュの前では一匹の雄になってしまう。

「サミル……」

ふっと瞼を開けたブランシュは、サミルと視線が交わると嬉しそうに微笑んだ。華奢な指は愛おしげに彼の膝を撫でる。

触れられた瞬間にサミルの劣情がガタガタと大きく揺れた。彼はブランシュの手を取ると、痛いほど勃起している己の雄竿《さお》に導く。

「さて、〝繁殖と育児〟の本にはなんて書いてあったっけ？」

「か、体の一部を繋げる行為……と」

「触ってごらん。あの夜は闇が濃すぎたから、交接も怖かったんじゃないか？」

「怖くなんてありませんでした。確かに月明かりだけだと大蛇みたいに見えたけど……あなたの一部なら怖くない……」

「大蛇か……褒め言葉だと思っておこう」

そう笑いながらもサミルは苦しそうに顔を顰めた。実際に苦しかったわけではない。導いたブランシュの手が大蛇をも子猫のように撫でていたからだ。

限界まで我慢しているサミルは彼女の柔らかな手の感触に「ぐぐっ……」と喉の奥で唸り声を上げた。

「ああ、ブランシュ……もうそろそろ君が読んだ本を実践させてくれ……文字で書けば単純なことだが、実際はその何倍も素晴らしい行為だ」

――サミルはブランシュを引き寄せると、胡座《あぐら》の上に導いた。押し倒すのも悪くないが、この体勢なら彼女も能動的になれるだろうと考えたのだ。

そしてそのサミルの狙いは当たった。

ブランシュは最初こそ二人が座ったままの体勢で繫がることに戸惑いを感じたようだったが、自らゆっくりと腰を下ろして彼を迎え入れた。

「すごいな……吸い込まれる」

子宮に持ち上げられるような感覚にサミルは思わず呻いた。背筋を通って後頭部に突き抜ける快感を制御しようと試みるが上手くいかない。

ブランシュが初めての女性で他と比べようのない彼だったが、こうして繫がってみると確信が持てた——やはり自分には彼女しかいないのだと。

ブランシュのくびれた腰に両手を添え、サミルは抗えきれない本能的な動きをはじめる。

下から突き上げるように動くと、振動に合わせて丸みのある白い乳房が目の前で揺れた。

ふるりふるりと重たそうに上下に揺れる光景は、彼女の隠れた母性を露わにしているようでサミルを滾《たぎ》らせる。

ブランシュは声を我慢しようと歯で自分のふっくらとした唇を噛んでいた。しかし情熱的な視線に出会うと、彼女の方から渇きを癒やそうとするように唇を重ねてきた。

サミルも陰茎に与えられる強烈な締めつけを我慢しながら、ブランシュの唇を啜《すす》る。

こうして口づけをしていると、砂漠で彼女から水を与えられた時のことが脳裏をよぎった。

あの時は、唇を重ねるほどに〝死ぬのなら一緒に〟というブランシュの気持ちが伝わってきた。今だって同じだった。こうして繋がって快楽を共有していると、向かう先が地獄でも二人でいられるならそれでいいのだというブランシュの執心が絡みついてくる。

「あ、あぁぁ……サミル、もう……」

浅い経験ながら絶頂感を捕まえるのが上手いブランシュは、その時が近いのだと全身で彼に知らせる。

彼女の肉壁が切なく疼《うず》いているのは粘膜を通してサミルにも分かっていた。

狂おしい快感に苛まれながら、自分と彼女の呼吸を合わせていく。それは二つのばらばらだった音色が一つの曲を奏ではじめるのにも似ていた。

「可愛いブランシュ……君が飛ぶ姿を見せてくれ……」

「怖い……お願い。一緒に、一緒に……」

まるで置いていかれるのを怖がる子供のようにブランシュは願い、全身をサミルに擦りつける。

終幕を悟ったサミルは彼女の臀部を両手で捕まえ、さらに力強く根元まで深く差し込んで、熱く膨れた先端で子宮の入り口を激しく擦った。

「あ、ああ、あぁぁ……」

ブランシュはとっさにサミルの肩に嚙みつき、嬌声を押し殺しながら上りつめた。

ほとんど同時にサミルも枷を取り払い、欲望を一気に解放する。

体中の骨が砕け散っていくような射精——貪欲にもっと、もっととブランシュの空間を埋めていく。

ブランシュもサミルも別世界に飛ばされたような絶頂感のなかで、長いあいだ漂っていた。

ふわふわと甘く満ち足りた空間でしっかりと抱き合う。こうしていれば二人のあいだには誰も入ることなどできないと思えた。

しかし永遠は容易《たやす》く得られるものではない。

サミルは今にも崩れ落ちそうなブランシュを寝台に横たえ、白濁液にまみれた己をずるりと抜いた。少し角度が下がったもののひどく硬いままで、まだまだこうしていたいのだと訴えている。

しかしそんなことにもかまわず、サミルは手早く体液を拭うと服を着た。

どちらかが服を着ていれば、無作法な仲間がこの部屋に飛び込んできても言い訳がつくと考えたからだ。そしてこれほど激しく愛を交わした直後に、〝逃げ道〟を考えている自分に苛立ちを感じずにはいられなかった。

（俺は卑怯《ひきょう》者なのだろうか……いや、卑怯者でいい。彼女の安全さえ確保できれば）

サミルは吐精の痕跡をブランシュから拭おうと、濡らした綿布を手に彼女を見下ろした。ブランシュはまだ恍惚《こうこつ》のなかにいるようで、目を薄く開けてぼんやりとしている。甘い倦怠《けんたい》感に身を委ね、このまま眠ってしまいそうだった。

ここで寝かしてやりたいと思うサミルだが、残念ながらそうさせるわけにはいかない。現在は昼食時でほとんどの者が出払っているが、この宿には仲間たちも宿泊している。二人が長々と同じ部屋にいるのは危険なのだ。

「ブランシュ……服を……」

彼女の太腿《ふともも》に垂れ落ち一筋の流れとなった己の種を拭き取りながら、サミルはほとんど無意識に母のことを考えていた。

サミルは長年、母に〝なぜ〟という気持ちを抱き続けていた。

なぜ夫である前皇帝を裏切るような愚かなことをしたのか、なぜ裏切りの証しとなる子を生もうと思ったのか。

彼は母親が命をかけて貫いたものの正体が分からず、彼女を馬鹿者とさえ思っていた。

何も考えず不義の子供を産み落としたせいで命を削る羽目になり、自分もまた肩身の狭い思いをしながら生きていくしかないのだと。

なぜ——今なら物心ついてから抱え続けてきた疑問の正体が分かる。

母は愛を貫いたのだ。己の命より大切だった愛。

自分が生まれてきたことは母親の誇りだったことに、サミルは愛を知って初めて理解ができた。

「ありがとうサミル……自分でするわ」

「いや、俺にさせてほしい……夫の努めだ」

たとえ現実はそうでなくとも、今この瞬間だけはブランシュの夫でいたい——そんな気持ちに突き動かされてサミルは〝夫〟という言葉を使った。

ブランシュはハッとした表情をしたあと少し恥ずかしそうに微笑んで、〝夫〟に身繕いを任せる。

サミルは丁寧に彼女の身体を拭き、服を着せ、乱れた髪を指で梳《す》いた。彼女への愛おしさが涙となって溢れそうになったが、唇を噛んで感情を殺す。

今ここで自分が悲しむのはあまりにも残酷だと分かっていた。

突き放さなくてはいけない——サミルは愛おしい彼女の髪に、肌に、瞳に、声に別れを告げる。

「ブランシュ……落ち着いて聞いてほしい」

「はい？」

「明日には王都アジュールに向かう。ここから半日の距離だ……君は予定通り陛下の元に嫁ぐんだ」

サミルの言葉を聞いたブランシュは時間が止まったかのように体を強張らせた。

彼女が望んでいた言葉ではないのは分かっていた。サミル自身が望んでいる言葉でもない。しかし眠れないほどに考えて出した結論だった。

「君はジャリル帝の第四夫人として暮らしていく。陛下に愛され、安全で幸せな暮らしを確保するんだ。俺は……俺はたとえ今後一生会えなくとも、君だけを俺の妻だと考えて生きていく」

「なっ！　何を……私は……私は、あなたと……」

「言いたいことは分かっている。ここから逃げて二人だけで暮らしていけたらどれほどいいだろう……」

唇をわななかせるブランシュの言葉をサミルは引き継いだ。

卑怯なのか、不誠実なのか——苦悩を重ね、自分を責め続けて出した結論だった。

彼女にどれほど非難されようとも、もうサミルにはこの決断を変更するつもりなどない。

「ブランシュ、君を一生愛し続ける。夜空の下で本当に妻を娶ったのだと思っている。夫として君の安全と幸せを確保する義務があるんだ。もしここから二人で逃げたとしても、捕まる可能性は高い。他国にまで懸賞金をつけて捜されるだろう。貧しい者や他国の傭兵《ようへい》たちは生け捕る手間をかけない」

「私は……」

ブランシュの言葉が途切れる。

サミルはつい先ほどまで喜びに満ちていた彼女の瞳が、絶望の色に変化していくのを見ていた。

ブランシュは瞼を強く閉じて涙が零れるのを堪える。それでも目尻からは涙が溢れ、銀の雫が筋を作った。

彼女の涙をどうすることもできないサミルは、身を切り刻まれるような思いを嚙みしめていた。

自分がどれほど無情なことをしているのか、もちろん分かっている。

彼自身も一人の男としてあとさきなど考えずに愛を貫きたいという思いと、彼女の未来を守りたいという思いに割かれ続けてきた。

ブランシュを前にすると口づけをせずにはいられない。抱かずにはいられない。しかし冷静になれば答えは一つしかなかった。

ジャリル帝は権力者として厳格だが、傲慢ではない。サミルは義弟という立場から見て、彼が優しい心を持った人間であることを感じてきた。状況を考えれば二国の怒りを背負って想いを突き通すより、ブランシュはジャリル帝と一緒になった方が幸せになれるのだ。

三十四年という人生のなかでたった一人の愛した女性だからこそ、彼女の命を危険に晒すような愛を突き通すことはできなかった。

ブランシュは強く瞼を閉じたまま、必死で涙を止めようとしている。彼女もまた王女として生まれてきて、己の情熱だけで生きてはいけないのだと知っていた。

長い長い沈黙。

風が砂漠を駆け抜ける音まで聞こえるような静けさが二人のあいだに満ちる。

サミルにも彼女が言えない言葉を呑み込んでいるのが分かった。

「覚悟、していました」

ぽそりと呟いたブランシュの声は、悲しみのなかに怒りを抱いていた。

「ただ……あなたがそんなに優しくなければよかった」

ブランシュは声を詰まらせながら、やっとそれだけ言い切った。そして顔を伏せたまま立ち上がると、彼の方を振り返ることなく部屋を出て行く。
サミルは顔を上げることができなかった。
彼の頬にもまた、我慢しきれなかった涙が伝っていた。

第七章　かくて華燭は業火となりき

イルザファ帝国の都を訪ねる旅人たちは、そこを〝輝く都〟と呼んだ。

初めてこの地を訪れた者たちは、まずゴウゴウと絶え間なく燃える光塔の炎に目を見張り、次に視線を向ける方角によって街の印象が大きく異なることに気がつく。

西に視線を向ければ港の向こうに広がる紺碧の海。東に視線を向ければ迫る砂漠。南に視線を向ければ巨木をいくつも擁する広々とした森林が王都を飾っているのだ。

王宮のバルコニーに出て景色を見下ろしていたブランシュは、いつかサミルが言っていた〝砂漠ばかりだと思われがちだが、王都周辺には緑も多い〟という言葉を思い出していた。

都を拡張していくほどに多くの木を切った歴代の王たちだったが、狩りを楽しむ場所としてこの森を残したのだ。

（この美しい森だってもうすぐ砂漠になってしまうはず……）

ブランシュが立っているバルコニーからは、港の様子も遠目に眺めることができた。

いくつか停泊している帆船の一つはたくさんの丸太を積んでいる。建築や造船などに使用される良質の木材は高値で売買される。イルザファ帝国が手近な財源としてこの森を切り崩しているのは、彼女にも見てとれた。

「ブランシュ様」

侍女の声がして、ブランシュは王都の景色から室内へ視線を移した。

侍女のドゥーニアがバルコニーにいる主人に気づかず、部屋をきょろきょろと見回している。

「ドゥーニア、私はここよ」

ブランシュがイルザファ語でドゥーニアに声をかけると、彼女は心底ほっとしたように強張った表情を緩めた。

(私がここから逃げ出すとでも心配していたのかしら?)

侍女の様子にこっそりと苦笑し、ブランシュは室内に戻る。

「ブランシュ様、着替えて下さい」

「着替え?　これに?」

「はい」

半ば押しつけられるように受け取ったのは、イルザファ風の黒いドレスだった。

侍女ドゥーニアは侍女兼通訳として雇われた地元の若い女性で、一昨日からぴったりとブランシュに侍っているのだが、サミルほど巧みにエストライヒ語を話せるのかといえばそうでもなく会話はぎこちない。

ブランシュもイルザファ語を勉強しているので、お互いに拙い言葉を駆使して意思の疎通を図っていた。

「陛下に会います。このドレス、特別のだから」

「そう……では急いで着替えましょう」

ブランシュはドゥーニアの言葉から、渡されたドレスが謁見用のものであることを悟り、さっそく着替えはじめた。

黒を基調にしたそのドレスは細い絹糸《きぬいと》で織られた素晴らしいもので、全体的に銀糸《ぎんし》でびっしりと刺繡が施されている。とても豪華だが黒地に銀糸という色合いが謁見には地味なようにも思えた。

（喪服みたい……）

エストライヒ王国では葬式に黒い服を着る習慣があるので、祝い事に黒色は避けられる。近い将来に夫婦となる男女が初めて会う日にはそぐわない色だが、謁見が不安でならない今のブランシュの気分にはぴったりだった。

二日前、隣町ナイシンから到着したブランシュたちは宮殿へと迎えられたが、初日と昨日はなぜかジャリル帝に会う機会を得られなかった。

あれだけ厳しい旅をしてきたのだから国王に出迎えられると思っていたブランシュだったが、旅団が解散したあとまっすぐこの部屋に通されたままなのだ。

ふと異国でたった一人になってみて、今さらながらサミルの存在がいかに大きかったかを実感することになった。

与えられた部屋は寝台しかない閑散とした空間で、ナイシンの町で購入した最低限の身の回り品さえ運び込まれていない。今までの旅は天幕で野宿をするにしてもサミルによってブランシュの不便がないよう気配りがされていたし、不明な点は彼に聞けば打てば響くように返事があった。

今はコップ一杯の水を得ようにも、雇われたばかりのドゥーニアも勝手が分からないのか戸惑っていることが多く、ブランシュは王都に到着して以来、不自由どころか現状さえも把握できないでいた。

(今頃サミルは何をしてるのかしら……)

そんな不安な状況で、ブランシュは気がつけば窓の向こうに見える青空を眺め、空より碧い瞳の持ち主のことばかりを考えていた。

しかしナイシンの町で別れを決めて以来、二人は目を合わせることさえ避け、王都に到着してからは彼がブランシュを訪ねてくることもない。

強烈に引き合う男女が別れを決めたのだ。ほんの小さな心の動きが向こう見ずな行動へと導きかねないのは二人共が分かっていた。

国のために、平和のために、そして愛する者のために心だけ繋がっていればそれでいい——泣きはらした分だけ、その意志は固かった。

「ブランシュ様、行きます」

黒いドレスに着替え、頭部をすっぽりとそろいの布で被うと、ドゥーニアが部屋を出るように急かしてきた。

言葉が拙いのはお互い様で仕方がないものの、もう少し笑顔を見せてくれれば、とブランシュは思わずにはいられない。侍女ドゥーニアはブランシュと対面したその時から、どこかおどおどとした印象だった。

気の弱そうな侍女を困らせてはいけないと、ブランシュは彼女に続いて部屋を出た。

モザイクタイルが敷き詰められた長い廊下は、人の気配がなく話し声一つしない。冷たく硬質な空気が張りつめていた。

正確に言えば人の気配がしないわけではなく、ブランシュは無数の目が自分を見ているのを感じていた。気配を消している人たちがそこかしこに隠れており、不気味な緊張感が宮殿を支配しているのだ。

(この嫌な感じは何?)

自分の知る華やかな宮殿の雰囲気とは異なる様子に戸惑いながらも、ブランシュはドゥーニアについていくしかない。それにジャリル帝に嫁ぐという差し迫った現実を考えると、〝嫌な感じ〟にかまっている心の余裕などなかった。

ずっと覚悟をしてきたつもりだったが、望まない結婚へと一歩一歩進んでいるのだと思うと足が竦んだ。

ドゥーニアは長い廊下の最奥に到着すると、二人の衛兵が両側に立つ重厚な扉の前で足を止めた。そしてイルザファ語で扉の向こうに声をかける。

ブランシュもイルザファ語を少しずつ習得してきているので、侍女が〝ブランシュ王女を連れて来た〟と語ったのは分かった。

しばらくして内側から低い男の声が響き、二人の衛兵がそろった動きで扉を開けた。

ブランシュは目の前の部屋を見て、思わず眉を顰めそうになった。

てっきり謁見の間や王の執務室に通されるのかと思っていたのだが、そこは天蓋付きの寝台が際立つ寝室だったのだ。

壁には赤地に金糸の幾何学模様が刺繍された巨大なタペストリーが飾られ、磨き上げられた家具は窓から差し込む光塔の炎を反射している。

落ち着かないほど豪華な寝室――その中央にジャリル帝が一人、周囲を威圧するように立っていた。

黒々と豊かに生えた髭のせいか、四十五歳という年齢よりもさらに年嵩《としかさ》に見える。

太い眉の下にある丸い目はぎょろりと飛び出ており、縮れた髭を分けるように肉厚の唇が強く引き結ばれていた。頭にぴったりと巻いた布は威厳を示すためなのだろう、異様に大きくそれ自体が王冠のように宝石で飾られている。

この人の妻に――ブランシュはジャリル帝の風貌を上目遣いに見て、彼の隣に立つことさえ想像したくない自分を感じずにはいられなかった。

もしかすると会えば妻となる覚悟ができるものなのかもしれないと、一縷《いちる》の望みを持っていたのだが、肉体は嫌悪感で鳥肌が立ち、正直に反応していた。

しかしブランシュは必死に自分の心を殺す。それが王女として生まれてきた自分の努めだと分かっていた。

「初めてお目に掛かります。エストライヒ王国より参りましたブランシュ・フォン・ウェルヘンでございます」

ブランシュは何度も練習したイルザファ語で挨拶をした。声は少し震えていたが、明瞭な発音——しかしジャリル帝はまるで彼女の声が聞こえていないように身動き一つしない。

緊張を孕んだ空気がじわじわと膨張していくようだった。

「なるほど。これが堅物のサミルを惑わした美貌か……」

「え？」

静寂のあとに、緊張を裂くジャリル帝の低い声がブランシュの耳に届いた。

彼女は王のイルザファ語を完全には理解できてはいなかったが、一言目にサミルの名が出るという異様さは理解ができた。伏していた顔を恐る恐る上げてジャリル帝を見ると、黒檀《こくたん》のような瞳が侮蔑の色に染まっていた。

ジャリル帝は踵を返すと窓際に設えてある引き出しに手をかけ、何かを取り出した。

彼が何を手に取ったのかブランシュが理解できたのは、それが目の前に投げつけられたあとだった。音もなくブランシュの前に落ちた金色の塊……。

「これは……」

その金糸の塊のようなものが、自分の髪の束であると気がついた瞬間、ブランシュは後頭部を殴られたかのような衝撃でまともに立っていられなくなった。

呼吸が上手くできず、ぐらぐらと世界が揺れる。

がくりと膝を折って自分の髪に触れると、これを切り取った日のことが蘇ってきた。

まだ誰も目を覚ましていない早朝、宿の中庭でサミルが刃を入れてブランシュの髪を切った日のことを……。

——これはあなたの分身だ。私が貰い受ける。

——サミル、あなたはこれからも私を想ってくれていますか？

——分かりきったことを……。

二人だけの真新しい朝の出来事だった。

「なぜ、これがここに……」

本来サミルが持っているべきものがジャリル帝の手にある。それが意味することを考えはじめると、恐怖で冷たい汗が背筋を伝っていった。

なぜ謁見の間に通されなかったのか、なぜ人払いをしているかのように誰もいないのか、疑問に思ったことの答えが分かった。公式に残せない不始末を秘密裏に処理するためだ。

「サミルは？　サミルはどこですか？　彼は……」

ブランシュがまず一番に危惧したのは彼の身の安全だった。

ジャリル帝がこの髪の束をどうやってサミルから手に入れ、二人のあいだでどのような会話があったのか――サミルの身に危険が及んでいるかもしれないと思うと、居ても立ってもいられない。

しかし事情が分からぬまま下手なことも言えず、ブランシュはただジャリル帝に怯えた視線を投げかけるしかできなかった。

ジャリル帝の表情からは激しい怒りは感じない。ブランシュにとってそれだけが救いだった。

「訳せ」

ジャリル帝はブランシュの背後で縮こまっているドゥーニアに命令し、冷たく言葉を続けた。

「お前たちの関係はバンダルから報告を受けた。サミルの勇気と忠義心を買って軍を任せていたのだが……まさか女ごときで余を裏切るとはな。西の国々は男女の関係が乱れていると聞く。エストライヒ王国は妖女を余に寄越したらしい」

ドゥーニアはぼそぼそと小さな声でイルザファ語をエストライヒ語に通訳していった。

彼女の拙い通訳を通して聞く言葉は分かりにくかったが、ブランシュも基本的なイルザファ語なら理解できる。〝バンダルから報告を受けた〟〝私を裏切る〟という部分だけでもことの成り行きを理解するには十分だった。

「バンダルが……」

バンダルの明るい笑顔を思い出し、ブランシュは自分の愚かさを噛みしめる。

許されない仲を承知だったのに、恋にうつつを抜かして軽はずみな行動を取っていた自覚はあった。バンダルの陽気な態度に油断していた自分を悔いたが、もう遅い。

「サミルは何も悪くありません。私の罪です。どうぞ私を罰して下さい！」

ブランシュは床に膝をついたまま、必死に知っているイルザファ語を繋ぎ合わせてジャリル帝へ訴えた。

「私が悪いのです。彼は……サミルは悪くありません！」

ジャリル帝はブランシュの訴えを煩わしそうな表情一つで返し、軽く首を横に振って彼女を黙らせた。彼の冷たい視線はよく研がれた刃のようで、ブランシュは忍び寄る死を強く意識する。

(だから黒いドレスでの謁見だったのだわ……)

今になって、この黒いドレスが死装束になるのだとブランシュは理解した。しかし恐怖は感じない。今はサミルのことだけが心配だった。

最初から命を投げ出すつもりで落ちた恋なのだ。自分の未来などどうなってもかまわない。

(サミルだけは助けなければ)

こうなった以上、彼女の心にはそれだけしか残っていなかった。

「陛下、すべては私の罪です。サミルをたぶらかしたのは私です。どうぞ何なりと罰して下さい。しかしサミルは間違いなく陛下の忠臣です。私は死んでもかまいませんが……」

気持ちが昂《たか》ぶっているのもあって、イルザファ語で上手く喋れなくなったブランシュは、ドゥーニアの通訳を得て気持ちを伝えた。

ドゥーニアもこの緊迫した状況に置かれた唯一の第三者として、精一杯ブランシュの言葉を通訳する。

しかしジャリル帝はドゥーニアの通訳に苛立った声を被せ、彼女に最後まで話させなかった。

「愚かな女よ。お前を殺してなんになる？　我が国とエストライヒ王国の同盟を快く思わない国の思うつぼだ。お前は予定通り余の妻となるのだ」

今度はジャリル帝の言葉をドゥーニアは通訳していく。

ドゥーニアを介してジャリル帝の真意を知ったブランシュは言葉を失った。

ジャリル帝が握っているのは自分を殺すか否かという選択肢だけだと思っていた。そこに予定通りに結婚するという思ってもみなかった選択肢が加わり、ブランシュはただ驚いた。それと同時に、この君主は怒りにまかせて物事を判断しない冷徹さを備えているのだと思い知る。

「罰ならば後宮のなかで思う存分受ければいい。時間ならたっぷりある」

ジャリル帝がそう言い足した言葉に、ブランシュは彼の真意を見た思いだった。

（生き地獄になる……）

この状況で嫁げば、ジャリル帝のみならず、他の夫人たちや侍女たちにも蔑まれ、虐《いじ》められ続ける一生になるだろう。誰も味方のいない異国でいたぶられる日々を想像すると、拒絶感で胃が捻れていく感覚がした。

いっそのこと、この場で斬り殺された方が楽だろうとブランシュは思う。しかし同時にサミルの運命を知らぬままに死ぬことなどできないとも思った。

ブランシュは己を奮い立たせるために深呼吸を一つすると、ジャリル帝を見据えた。

「分かりました。私は生涯をかけ罪を償い、陛下のよき妻になれるよう努力をいたします。最後にどうか、サミルがどのような処遇を受けるのか教えていただけないでしょうか？あの者を誘ったのは私なのです。この髪も無理に渡しました」

ドゥーニアがブランシュの言葉を通訳していく。ジャリル帝は心の見えぬ黒い瞳で言葉を聞き、太い眉を顰めた。

その時だった。

突然、扉の向こうで男たちが大声で話すのが室内まで聞こえてきたかと思うと、勢いよく扉が開いた。間髪を容れず入ってきたのは五人の兵士たちだ。

「陛下、お逃げ下さい！　バンダルが挙兵しました！」

「挙兵⁉」

「反乱です！　ツルク国の大軍がこちらに向かっているという情報もあり、おそらく共謀しているのではないかと」

「バンダルとツルク国が……」

「反乱軍はすでに宮殿内に突入しています！　陛下、早くお逃げ下さい！」

ブランシュは兵とジャリル帝のやりとりを完全に聞き取れたわけではなかったが、両者の慌てた様子と〝バンダルとツルク国〟という言葉で、何らかの非常事態が発生したのは理解ができた。

「バンダルが……まさかバンダルが……」

ジャリル帝は無意識のうちに呟きながら、部屋のなかを落ち着きなく歩きはじめる。

そうしているあいだにも、窓の外や扉の向こうから男たちが争うような声が聞こえはじめていた。

ジャリル帝を前に跪いていたブランシュだったが、状況を把握しようと寝室を横切って窓から外の様子を覗った。すると幾人かの赤い頭巾を纏っている者たちが宮殿に押しかけて来ているのが見えた。

顔まで隠すように赤い頭巾を被っているのが反乱軍なのだろう。彼らは宮殿に突入しようと試みており、近衛兵《このえへい》たちがそれを押しとどめている。その周囲では下働きの者たちが逃げ惑い混沌《こんとん》とした状況だった。

幸いなことに両者は剣を抜いているものの、それを使うのを躊躇っているのが見てとれた。

不満を煽動《せんどう》して反乱を起こすのは難しくないが、同族同士で殺し合うことは簡単ではない。しかし集団での暴力は激化していくものである。血が流れるのも時間の問題だった。

「女よ！　来い！」

突然ジャリル帝に背後から呼びかけられ、ブランシュは自分のことかも分からぬままに振り返った。

彼女の目に飛び込んで来たのは、めくれ上がったタペストリーの後ろに隠されていた扉だった。レンガ造りの壁が開閉するようになっていて、タペストリーがなくとも一目では扉に見えないように工夫されている。

このような隠し通路はエストライヒ王国の宮殿にもあった。ブランシュは子供の頃、隠し通路を使って一人で遊びに出かけていたのだ。

「宮殿から脱出する。ついて来い！」

ジャリル帝は状況に戸惑い続けているブランシュの二の腕を強く握ると、押し込むように隠し扉に導いた。反乱軍がここに到着すれば、ジャリル帝はもとよりブランシュも巻き添えを食って命を落としかねない状況だった。

逃げなくてはいけない。しかしブランシュはジャリル帝の腕を振り切って足を止めた。

彼女の思考には一人の人物しかいなかった。

「陛下！　サミルはどこです？　陛下を救えるのはサミルしかいません！」

必死に喋ったイルザファ語がジャリル帝に通じたかは分からなかった。しかしこの緊急事態において通じ合うものはあったのだろう。彼は大きな目をさらに大きくすると吠《ほ》えるように言う。

「地下だ！」

「ブランシュ様、サミル様は地下の牢獄にいます」

ジャリル帝の声に侍女ドゥーニアの声が重なった。

ブランシュは頷き、ジャリル帝とドゥーニア、それに護衛の兵が暗い通路の奥に消えていくのを確認すると急いで外から隠し扉を閉めた。寝室の外で聞こえていた喧噪《けんそう》はどんどん大きくなり、反乱軍がもうそこまで来ているのが感じられた。

隠し扉を閉めたブランシュはタペストリーを元通りに直す。王宮にいるはずの国王が消えていれば反乱軍は当然隠し扉の存在を疑うだろうが、場所を探す時間ぐらいは稼げるだろうと考えたのだ。

ブランシュはほとんど無意識にジャリル帝を助けたいと思っていた。サミルならそうするのが分かっていたからだ。

ブランシュは踵を返して廊下に続く扉に向う。

すると部屋に残っていた兵士のうちの一人が声を荒らげた。

「今、外に出るのは危ない！」

確かにこの状況で廊下に出れば、反乱軍と鉢合わせになってしまう可能性が高い。しかし彼女はサミルがいるという牢獄に向かうことだけしか考えていなかった。

「サミルを助けたいの！　お願いです。手伝って！」

兵士たちはブランシュのイルザファ語を完全に理解していた。

しかし彼らは困惑した顔を見合わせただけだった。軍の実質的な最高責任者はサミルだったが、それは捕らえられるまでの話である。現在、罪人として投獄されている上司を助けていいのか逡巡《しゅんじゅん》したのだ。

彼らの迷いを吹き飛ばしたのはブランシュが続けた言葉だった。

「私はサミルが体を張って部下を守るのをこの目で見ました。あの人は部下のために命を投げ出せる人です。お願い、力を貸して下さい！」

ブランシュの言葉は拙いイルザファ語だったが、意味を理解した一人の兵が仲間に話しかけ、その場に居合わせた兵たちが次々に頷いた。

サミルは皇族でありながら八歳から軍のなかで育ち、誰よりも危険に身を置いてきた男なのだ。老練の兵士並みに経験があり、兵士にとっては伝説の戦士だった。

もちろんその伝説にはどれほど仲間の命を救ってきたかも含まれる。鬼神のような戦いぶりを実際に目にした者は、彼に男惚れする者も多かった。

「ブランシュ様、地下までご案内します」

サミルを救出する――その場にいた五人の兵士とブランシュの心が一つとなり、廊下を走りだした。

サミルならこの反乱をなんとかできると、皆が彼に希望を見はじめる。

しかし地下までの道のりは長い。

廊下の角を曲がって中庭に添って続く回廊に出たところで、ブランシュたちは足を止めなければいけなかった。

剣を抜いてやってくる反乱軍と鉢合わせになったのだ。

三十人ほどいる反乱軍の兵たちは揃《そろ》いの赤い布を頭部に巻き、顔を隠している。しかし先頭にいる長身の男は周囲を威嚇するように顔を堂々と晒していた。

バンダルである。

「おや、まだ死んでいなかったか」

ブランシュを見つけたバンダルはエストライヒ語でそう言いながら笑うと、ブンッと力強く半月刀で風を切った。

そう、砂漠でツルク軍から受けたはずの右肩の傷など最初から存在していなかったように右腕を振り上げたのだ。

この瞬間、多くの仲間を失ったあの襲撃がこの男によって操られていたのだと悟ったブランシュは、カッと怒りが燃え上がったのを感じた。今になって思えば、旅の途中で見かけた鷹はバンダルがツルク軍と交信をしていたものなのではないかと思い当たる。

彼をただの明るい男だと思い込み、すっかり油断していた自分の愚かさにも腹が立った。

「バンダル……あなたの狙いは何なの？　ツルクと手を組むだなんて、この国を売るつもり？」

「祖国を売るなど聞き捨てならないな」

バンダルはブランシュの言葉を小馬鹿にしたように笑いながら、指先で半月刀の剣先を軽く弾いた。

今からこれを使うのだと言わんばかりにギラリと光った刃を見た刹那、赤銅色に錆びた刃がブランシュの脳裏をよぎる。

(あれもこの男が……他にも色々思い当たる)

もともとは三十人の旅団だったのが水の確保が難しくなり二十人になった。あの想定外の出来事も、こうなってみると彼の策略としか思えなかった。

「俺はエストライヒ王国と手を組むより、ツルク国と手を組んだ方が国のためになると思うだけだ。ツルクは単純で扱いやすいが、西の国の者たちは小賢《こざか》しい。特に女は厄介だ」

バンダルはエストライヒ語を放棄して一気に話すと、周囲にいる赤い布を巻いた男たちに大きな声で宣言した。

「この女は淫女だ。望み通り犯してやれ!」

ざっと音を立てるように男たちの目の色が変わったのを見て、ブランシュは身を翻す。

「ブランシュ様!」

彼女を守ろうと兵士たちが身を乗り出したが多勢に無勢だった。

伸びてきた手がブランシュの髪を摑んだかと思うと、別の手が彼女の腕を摑み、また別の手が彼女の足首を摑む。

足の自由を奪われたブランシュは叩きつけられるように地面に倒れ、視界は反乱軍の赤い布とそのあいだから見えるギラギラと飢える男たちの目に埋め尽くされた。

「やめてっ！」

そう叫びながらも無駄なのは分かっていた。反乱という大それた真似をしでかしている男たちは、自らを焚きつける興奮材料を探しているのだ。

ビリッとどこかで服が破ける音がしてブランシュは瞼を強く閉じた。できることなら耳も閉じてしまいたかった。たとえこのまま死ぬのだとしても、これから起こることは記憶に残したくなかった。

その時、場の空気が一変した。

「うわぁ！」

「ぎゃぁあ！」

男たちの叫び声が聞こえたかと思うと、ふと押さえつけられていた圧がなくなる。

ブランシュが目を開けると、周囲にいた反乱軍の兵士たちが一定の距離を置いて離れていた。

すぐ隣で「グルルル」と聞き慣れた唸り声を聞き、ブランシュは何が起こったのか理解した。

「ギナ……」

サミルの相棒であるクロヒョウが歯を剝きだし反乱軍を威嚇していた。いや、ギナの前足の爪には反乱軍の赤い布が引っかかっており、威嚇だけでは済まなかったことを物語っていた。

ギナはブランシュの前に立つと姫君を守る戦士のごとく反乱軍を睨みつける。

「ギナ、ありがとう……」

ブランシュが思わずギナの首にすがりつくと、獣はまるで騎乗を促す馬のように後ろ足を折った。

「え？」

背中に乗れ――今まで手を触れることも許さなかった気高い獣がそう言っている気がした。

「ただの獣だ、斬り殺せ！　怖《お》じ気《け》づくな！」

刹那、バンダルの怒号が響き、凍りついていた空気が動く。

躊躇っている時間はもうない。ブランシュは自分の体を柔らかな毛並みに押しつける。

半月刀が振り下ろされたその時、ギナはブランシュを背負って高く飛んだ。

「おおっ……」

敵も味方も半円を描く美しい軌道を思わず見上げていた。短い助走にもかかわらずギナの跳躍は素晴らしく、五、六人の男たちの頭上を越える。そして遠慮なく兵士の背中に着地すると「どけ!」と言わんばかりに大きな咆哮《ほうこう》を一つして、反乱軍に道を開けさせた。

駆けはじめたギナに追いつける者などいない。

「放っておけ! まずはジャリル帝の首だ!」

バンダルが背後でそう叫ぶのを聞きながら、ブランシュは夢中でギナの太い首に腕を回して摑まっていた。

駱駝にはすいぶんと乗り慣れたが、クロヒョウに乗り慣れることはないだろうとブランシュは思う。主人の匂いを探しながら走るギナが唐突に足を止めるたびに、豊かな毛並みの背中から転げ落ちそうになった。

「地下よ。サミルは地下にいるはずなの」

ギナが人語を理解しているかは分からなかったが、ブランシュは信頼する友に語りかけるように自然と獣に話しかける。

ブランシュの言葉を理解したのか、それともサミルの匂いを捕まえたのか、やがてギナは駆ける速度を上げると、地下に下りる階段を見つけた。

宮殿の隅に隠されるようにあるその階段からは冷たい空気が流れてきている。普段ならその陰々たる雰囲気に近づく気さえなくなりそうな場所だが、ブランシュはギナの背中から飛び下りると率先して階段を下った。

地下に向かうほどに冷気が彼女の肌を被っていく。まるで墓場にでも入っていくような感覚に襲われながらも、ブランシュは恐怖を感じない。

サミルがそこにいる――運命を分かち合う魂が彼女にそう告げていた。


「ああ……」

階段を下りきったブランシュは、思わず小さな嘆息を漏らした。

目の前にある鉄格子の向こうに、最愛の人がいた。

しかし目を背けたくなるような無残な姿だった。

壁と繋がる鎖に四肢を繋がれているのだが、右足を拘束するはずの鎖は床にだらりと垂れたままで、彼の体の一部である義足は外されて床に転がっていた。

片足だけのサミルはもはや鎖によって強制的に立たされているという状態である。その上、彼の皮膚はいくつもの痣《あざ》を作っており、赤黒い染みの浮かぶ服は出血があったことを示していた。

その痛々しい状況にもしや意識がないのかとブランシュは危ぶんだが、サミルは人の気配に顔を上げると、ブランシュを見て不敵に微笑んでみせた。

「どこの美女かと思ったら……我が妻か」

「サミル！」

顔も殴られたらしく、彼の口角には乾いた血液がこびりついている。しかしその表情には驚くほどに余裕があった。

「懐かしいな。こうしていると、君と初めて会った時を思い出す」

「懐かしがっている場合じゃないのよサミル！　バンダルが……」

「ああ、分かってる。俺を拘束したのはあいつだ。一介の貴族で終わるつもりはないとのたまった……ブランシュ、そこの壁にかかっている鍵を……」

サミルが言い終わらない間に、ブランシュは背後の壁にかかっている鍵の束を掴んだ。

監獄の反対側には椅子が置いてあるので見張りの兵がいたであろうことは窺《うかが》えたが、今は誰もいない。外の騒ぎに任務どころではなくなったのだ。

ブランシュはいくつかの鍵を試して牢の扉を開けると、今度は鉄枷を外していく。

鎖と手首を繋いでいた枷が外れると、サミルの体がぐらりと揺れた。それを予想していた彼女は両腕を差し出し、サミルの肢体をしっかりと支えた。

しかし次に起こったことはブランシュが予想していないことだった。彼は器用に左足だけでバランスを取ると、どさくさに紛れて彼女に口づけをしたのだ。いや、どさくさ紛れというには、明確すぎる口づけだった。

二人の唇はこのために存在しているのだと思えるほどにしっくりと馴染み、一度重なると別れを惜しんで離れるのを拒む。それどころかこれだけでは足りないのだと、彼の舌がブランシュの湿った唇の奥をそっと舐めた。

口づけをするほどに再びこうして会えたという事実が歓喜となって二人の体中を巡り、火花のようにパチパチと弾けた。

「サミル……」

注がれる愛情にブランシュが酩酊《めいてい》しそうになっていると、「グルルル」と唸り声が甘い空気を破った。

「ギナ、少しぐらい許してくれ。もう二度と生きて再会することはないと思っていたんだ」

サミルは苦笑して黒い相棒を一撫ですると、床に転がっている義足を装着しはじめた。そうしていくうちに、彼の顔つきが戦士のそれになっていく。

「バンダルの連れている反乱軍だけならなんとかなる。どうせ軍で落ちこぼれている連中を集めただけだ。だがツルク軍に王都が包囲されたらただじゃ済まない」

サミルは義足を装着し終えると、幸運を願うようにそこに嵌まっている藍玉を親指の腹で撫でてから立ち上がった。

「大丈夫？」

ブランシュが思わずそう言ったのは、裂けた服のあいだから見える幾筋かの創傷が痛々しかったからだ。生命に関わる深い傷はなさそうだったが、拘束された状態で真正面から打擲《ちょうちゃく》されたことが窺える大きな傷ばかりだった。

「大丈夫だ。借りは必ず返す」

サミルはそう言ってブランシュの手を取った。その瞬間、分厚い皮膚に被われた手のひらから彼の熱が伝わってくる。

手を繋いだまま地上に向かう階段を駆け上りながら、ブランシュは彼の手のひらを通って自分の肉体に命が満たされていく感覚に震えていた。

反乱軍やツルク軍に殺されるかもしれない。それなのに今までにないほど、自分の内側に力が漲《みなぎ》っていく。

（もう何も怖くはない）

生きるか死ぬかなど些細《ささい》なことのように感じた。今、この瞬間に再び二人でいるのだという紛れもない事実が彼女に力を与えていた。

◇◇◇

ブランシュから力を得ているのはサミルも同じだった。

彼女を抱えるようにして走るサミルの碧眼は宝石よりも煌煌《こうこう》と輝いて、まるでこれから遊びにでも行くようだった。

生きて再び愛する者の手を取ることができた事実が、彼を強くしていた。

ブランシュとの仲をバンダルに告発された時、サミルは死を覚悟した。拷問の末に殺されてもかまわないと堕ちた恋なのだから、すべてを受け入れるつもりだった。

ただ一つの気がかりはブランシュの運命——ジャリル帝には何度となく嫌がる彼女を犯すように関係を持ったのだと説明したが、王の目は彼の言葉など聞く気はないのだと語っていた。

バンダルは拘束したサミルの義足を外すとそれでひどく彼を撲ったが、肉体的な痛みよりブランシュのことを考えると狂いそうに心が痛んだ。

そのブランシュがギナを連れて女神のごとく彼の前に現れたのだ。

そして古い思い出を再現するかのように、鉄格子の向こうから彼に慈しみの視線を投げかけた。

彼女と共に絶望の淵《ふち》を彷徨い、這い上がったのはこれが初めてではない。一度のみならず二度も起こった奇跡に、サミルは自分たちを邪魔することができる者はいないのではないかと思えるほど、己の運命を肯定しはじめていた。

とはいえ宮殿内はひどい混乱で、進むほどにサミルの表情には緊張が満ちていく。

反乱軍はジャリル帝を追っているので出くわすことはなかったが、彼らが通った場所は小競り合いでちらほらと怪我人がでていた。

「ツルク軍の襲撃に備えろ！　動ける兵は全員宮殿前に集まれ！」

サミルは指揮官を失って右往左往する兵士たちに声をかけていった。彼の声は魔法のように無秩序だった兵士に紀律を与えていく。

兵士たちは復活した指揮官の姿を見ると、仲間に声をかけ合って宮殿前へと駆け出した。

実力で軍を指揮し続けてきたサミルの統率力は驚異的であった。それをバンダルは知っていたからこそ、反乱を前に彼を指揮官から引きずり落ろし拘束する必要があったのだ。

いつからブランシュとの関係にバンダルが気がついていたのかサミルには定かではなか

ったが、今回の反乱に利用されたことには悔悟を噛みしめずにはいられない。だからこそきちんと自分で決着をつけなくてはいけないのだと彼は思う。

「サミル、どこに行くの？」

兵士が続々と宮殿前に集まっていくなかサミルは反対方向へと進み、尖塔《せんとう》へ続く階段を上りはじめていた。

振り返れば走り続けたせいでブランシュの息が切れている。サミルは彼女を軽々と肩に担ぐとさらに上を目指した。

「ツルク軍の侵攻を確かめる」

矢のような速さで塔の頂上まで来ると、サミルはブランシュを肩から下ろして物見台に続く木戸を蹴破った。木戸が倒れると、開いた小さな出入り口から砂まじりの風が吹き込み、二人の髪を乱した。

物見台は大人二人が立つには抱き合わなくてはいけないほど狭いが、街が一望でき、さらに王都をぐるりと囲む城壁の向こうには広大な砂漠も見ることができる。

「あの砂埃は……」

空色の瞳と蜂蜜色の瞳が同時に映していたのは、砂漠の向こうで濛々《もうもう》と舞い上がる広範囲の砂埃だった。

砂漠を見慣れているサミルには、その砂煙が意味していることが何なのかすぐに分かった。

「ツルク軍だ……この前みたいな小隊じゃない。おそらく全軍を投入してきている」

「そ、んな……」

「バンダルは自分が王位に就くため、ツルク国と密約を交わしていたんだ。西へ侵攻したいツルク軍のためにバンダルは軍路を提供する。ツルク軍はその見返りに反乱の後ろ盾をする……俺を殴りながらやつはそう得意そうに語ったが、ツルク国は手の上で転がせる相手じゃない」

サミルは奥歯を噛みしめて隠しきれない悔しさを滲ませる。

バンダルが隠していた心の澱《おり》にもっと早くに気がついていれば、こんな事態にはならなかったのではないかと思うと、責任を感じざるを得なかった。

バンダルは王家に相当する古い家柄の貴族である。

イルザファ帝国の皇室は一夫多妻のために皇族が多く、王家の血筋が絶える可能性が非常に少ない。その分、皇族ではない有力者の不満を溜めやすいのだ。

(俺が上司だったのも気にくわなかったのだろうな……)

出生さえ確かではないのに皇族と認められた者の部下でいるのは、貴族の誇りが許さなかったのではないかと、サミルは今さらながらに思う。

そう、すべては今さらだった。

バンダルは現状を変えるためにツルク国という虎の威を借りた。しかし彼が予想していたよりも虎は腹を空かせ、すべてを食い荒らそうしている。

(この状況をどうすればいい……)

尖塔の壁にギリギリと指を食い込ませながら、サミルは必死で考える。

統率の乱れた軍を立て直し、戦闘態勢をとらなければいけない。急な招集にどこまで人数を集められるかは分からなかった。しかも城壁内にはいまだ反乱軍がおり、こうしているあいだにもジャリル帝の命が危ない。

ジャリル帝が命を落としバンダルが新皇帝を宣言しようものなら、目も当てられないほど混乱を来すだろう。

刻一刻とツルク軍が王都へと近づいてきている現在、すべてを解決するにはあまりにも時間がなかった。

サミルの目はまっすぐに砂漠の砂煙を睨みつけている。

しかしその時、ブランシュの目は物見台の正面にある光塔を見ていた。

「サミル、光塔に使われている燃える水はどこに保管されているの?」

「え？」

ブランシュの言葉の意味が分からず、サミルはわずかに眉を顰める。しかし次の瞬間には彼女の意図が摑めていた。

燃える水――この国の人々にとっては見慣れたものだが、異国の者にとっては恐怖を覚えるほどの火力。

「街の外れに貯蔵庫がある。民に配る分も別の貯蔵庫に……」

サミルがすべてを言い終わらないうちに、二人は揃って階段を駆け下りはじめていた。

廊下に出ると、すかさずギナが後ろから彼女をすくい上げるように背中に乗せて走った。

誇り高いこの獣がブランシュに背中を貸したのにはサミルも驚いて目を見張った。

（しかし……美しいな）

黒いドレスを纏うブランシュとクロヒョウのギナは一体となり、夜空の使者のようでもあった。

そんな彼女の姿を驚いて見ているのはサミルだけではない。物陰に身を隠して不安そうにしている下働きたちも、獣を操る女神には目を丸くしていた。

サミルは廊下を駆け抜けながら、彼らにも声をかけていった。

「お前たちの力がいる！　手伝ってくれ！」

「私たちについてきて！」

サミルに続き、ブランシュも叫んだ。一人でも多くの助けがいるのだ。

とはいえ兵士でもない下働きの者たちは不安が大きいのだろう。なかなか動こうとはしない。

彼らの説得に立ち止まっている時間などなく、二人はまっすぐに宮殿の入り口に向かって走り続ける。

そして大扉の前まで来たサミルはブランシュをギナの背中から下ろすと、大地と同じ色をした彼女の瞳をしっかりと見つめたあと、その扉をくぐった。

その瞬間、数え切れない兵士たちの視線が迎えた。

「よし……」

思わずサミルがそう呟いたのは、きっちりと整列して指揮官を待つ兵士たちを目にしたからだ。

皆、サミルが捕らえられたのを知って一時的に混乱していたが、口づてで彼が解放されたと知るやいなや紀律を取り戻したのだ。

そしてサミルの居場所を示すように彼らは一斉に敬礼した。家族を持たなかった彼にとって、軍こそが戻る場所だった。

「みんなよく聞いてほしい！　ツルク国の大軍がすぐ近くまで来ている。反乱軍を抱える今、正攻法で戦って勝てる状態ではない」

大声でサミルがそう伝えると、ざざっと波立つように兵士たちに動揺が走った。しかしすぐにサミルが片手を挙げて静粛を求めると、場に紀律が戻っていく。彼が胸を張り威風堂々としている姿は、皆を落ち着かせる力があった。

「これから王都に貯蔵されているすべての燃える水を城壁前に並べる。炎の壁を作るんだ！」

サミルの指示を聞いた兵士は寸秒だけ慣れない指示に理解が及ばず、怪訝な様子だった。しかし「よし、やるぞ！」とどこかで声がしたかと思うと、次々に同じようなかけ声が上がり、兵士たちは早くも駆け足で動きはじめる。

迷っている時間がないのは皆が分かっていた。燃える水で炎の防御壁を作るなど前代未聞だが、やってみるしかない。今は一刻を争う時なのだ。

「ブランシュ、俺は陛下を助けに行く。もう一度だけ君を一人きりにすることを許してほしい」

兵士たちが指示通り動きだしたのを見届けたサミルは、後ろを振り返ると自分の決意を告げた。

彼女は一瞬だけ驚いた表情をしたが、すぐに頷いて不器用に微笑んでみせる。複雑な思いを呑み込んだ笑顔だった。

「戻ってくるのが分かっているから平気です。どうかお気をつけて」

ブランシュの右手が遠慮がちに彼の左手に触れる。その指は言葉とは裏腹に〝行かないで〟と彼女の正直な気持ちを告げていた。

サミルは少し日に焼けてしまった彼女の柔らかな手をとると、そっとその指先に口づけを落とした。

一度離ればなれになると、再び生きて会えるかどうか分からない。それでもサミルは行かなくてはならないのだと自分に言い聞かせる。

母を喪《うしな》い、父に拒絶されたサミルは長いあいだ闇のなかで生きてきた。そんな彼に手を差し伸べたのは即位したばかりのジャリル帝だった。〝弟だ〟と言われた時にどれほど救われた気持ちになったか、サミルは忘れたことがない。

制御できなかったブランシュへの強い愛が兄の信頼を失う結果へ導いたものの、彼の忠義心に変わりはなかった。

「行ってくる」

名残惜しさを振り切ってブランシュの手を離すと、サミルは腹心の部下の名を数人呼んだ。

反乱軍を制圧するためになるべく多くの部下を連れていきたいところだが、貯蔵庫に蓄えられている燃える水を運ぶのにも多くの人手がいる。

手勢としてはかなり少ないが十人ほどの部下を揃え、半月刀を腰に差すと、サミルは振り返ることなく走りだした。

いつもなら無言でついてくるギナが今日はついてこない。どうやら彼は美女を守ることにしたらしいと気がつくと、サミルは〝頼んだ〟と背中で相棒に彼女を託した。


サミルの向かう場所は街の外れにある皇族の墓場だ。

宮殿に隠し通路があるのは周知の事実だが、迷路のように入り組んだ通路の進み方と出口の場所を知るのは皇族しかいない。サミルは実際に通ったことはなかったものの、ジャリル帝から隠し通路は王家の墓に通じているのだと教えられていた。

(バンダルたちがジャリル帝を追って隠し通路に入ったのなら、なかで相当迷っているはずだ。間に合ってくれ)

王家の墓が並ぶ丘を見上げ、サミルたちは走り続ける。距離はそれほどないものの、小高い場所にあるために速度がなかなか出ない。

焦燥に駆られながら走り、やっと墓場の入り口まで来た時だった。

甲高い女性の叫び声が聞こえたかと思うと、四人の人影がこちらに向かって走ってくるのが見えた。

「キァーッ！」

「陛下！」

サミルが叫ぶと、先頭を走っていたジャリル帝が気がついて顔を上げる。

しかしすぐに彼は背後を振り返ると走る速度を緩めた。ジャリル帝のすぐ後ろには護衛らしき二人の兵士がいるのだが、そのさらに後ろを走っていた侍女が追いついた反乱軍に摑まったのだ。

摑まれた袖を引きちぎって彼女は再び走りだす。だが足が震えているのだろう。ぎこちなく何歩か進んだだけで転んでしまった。

サミルの碧眼はジャリル帝が引き返して侍女を助けようとしているのを見ていた。

（ああいう人だから、俺はついていけるのだ……）

皇帝ゆえに厳格ではあるが、芯の部分では情が厚い——命運尽きかけた瀬戸際で、ジャリル帝がとった行動は彼の性格をよく示していた。

サミルは飛ぶように駆けながら義足に仕込んである剣を抜くと、それを目一杯の力で反乱軍に向かって投げる。

「ギャァ！」と叫びが聞こえ、ジャリル帝に手をかけようとしていた兵の一人がうずくまった。サミルの放った剣が兵の太腿を貫いたのだ。

「全員まとめて面倒みてやる！」

さらに腰から半月刀を抜いたサミルは足を緩めず反乱軍へ突っ込んでいく。

ひとたび剣を抜いた彼は軍神であった。

太腿に刺さった剣を抜くべきか迷っている兵の背中を蹴って跳躍すると、反乱軍の中心に着地して半月刀で弧を描く。まさかサミルが一瞬の躊躇いもなく敵の真ん中に飛び込むとは思っていなかった者たちは、ブンッと風を切った剣の餌食となった。

半月刀が描いた切っ先が赤く染まる。

「来い！　逃げんなよ！」

藍玉色の目がギラギラと輝く様は異様な迫力があった。

元来は穏やかな男だが、八歳から一人の兵士として戦場を渡り歩き、命を張って武勲を積んできたのだ。殺伐な空気でサミルは己の冷徹さを最大限まで引き出すことができる。

そうしなければ今まで生きてこられなかった。

反乱軍の兵士たちは三十人ほどいたが、誰もが踏み込むのを躊躇った。

彼らはバンダルにそそのかされたイルザファ帝国の兵士たちであり、サミルの強さを知っていた。何よりも実力主義の軍隊において芽が出ないことで腐った兵士たちの寄せ集めなのだ。たとえ人数的に有利な状況であっても、臆病風に吹かれるのは早い。

「情けないやつらだな」

サミルはそう冷たく笑うと半月刀を握り直し、強く踏み込む。

一気に噴出した彼の殺気に半数の者は後ずさった。もう半数の者たちは恐怖に駆られ剣を抜いて挑んできたが、結果的に誰一人サミルの肌に傷をつけられた者はいなかった。

血に飢えた獣のような雰囲気を醸し出しているサミルだったが、実はこの時、彼は状況を冷静に判断して防御に徹していたのである。

大人数で斬りかかったにもかかわらず、防御に徹底したことにより刃《やいば》は避けられた。そして有利な状況にありながらも攻撃が当たらなかった反乱軍たちは、サミルの実力に戦《おのの》くと同時に自信をなくした。

自信を喪失した兵士など、もう彼の敵でさえなかった。

反撃に転じた瞬間、サミルは踊るように剣を振って墓場を血に染めた。

そうしながらも腕や足を狙って命まで取らないよう気遣っていたのは、元部下に対する彼の情けだった。

「バンダル！　隠れてないで出てこい！」

味方の兵士たちが背後で存分に動きだしたのを感じ、サミルは標的を一人に絞る。

反乱軍の最後尾にいたバンダルは、ギリギリと歯を食いしばり、元上官を睨みつけていた。

◇　◇　◇

ゴロゴロといくつもの樽が大通りを転がっていく。

燃える水が入った樽を城壁前に並べる作業は、貯蔵してある倉庫から城壁前まで人が等間隔に並び、樽を転がして繋ぐという中継方式になった。

樽が絶え間なく転がっていく様子はどこか楽しげでもある。しかし転がしている者たちは真剣そのものだ。いや、真剣どころではなく、その表情には恐怖さえ滲んでいる。

ツルク軍の行進で立ち上がる砂塵は、もう高台にいなくても見えるほど近くなっていた。

いつ矢が飛んできて宣戦布告されてもおかしくない状況である。

副官が反乱を起こし、指揮官が討伐に向かっているというこの状況で攻め込まれては、ひとたまりもないのは皆が分かっていた。

ツルク軍がこれ以上迫ってくる前に、燃える水を城壁前に並べなくてはいけない。

ブランシュも兵士たちに混じって必死に樽を運んだ。ブランシュだけではない。宮殿のなかで身を潜めていた下働きの者たちや市井の者たちも、いつの間にかやってきて樽を運んでいた。

十や二十運ぶだけならさほどの苦労はないが、燃える水はいくつかの貯蔵庫に分散され、数え切れないほどの量がある。絶え間なく重い樽を転がしながら右へ左へと行ったり来たりしているうちに、皆が汗だくになっていた。

しかも石畳を転がる樽の表面は木がささくれ立ってきて、皆の手を傷つけた。なかには刺さった棘で血を流している者もいたが、誰も作業をやめようとはしない。

この作戦が成功するかどうかなど誰も分からなかったが、王都を守るのは自分たちしかいないのだという気持ちが皆の心を一つにしていた。

城壁の前では屈強な兵士たちが集まって、樽を積み上げる作業をしている。

こちらの方はかなりの力仕事である上に、幅と高さを出すためには狂いなく階層型に積み上げていくことが必要で、作業には精度も要求された。

それをツルクの大軍が目視できるほど近づいた状況で行うのだから、ビリビリとした緊張感が男たちの表情を強張らせている。

「これで最後だ！」

貯蔵庫から声が聞こえてきて、最後の樽と共に伝言される。

「これが最後です」

ブランシュも次の運び手に最後の一樽を繋げてそう言うと、サミルが向かった丘に視線を向けた。

（サミルはきっと大丈夫……信じて待っていればいい）

自分にそう言い聞かせ、ブランシュは踵を返すと最後の樽を追いかけるように城壁に向かった。

本心はサミルの元に飛んでいきたかった。死がひたひたと迫ってきている状況で、こうして離ればなれになっていると心が二つに引き裂かれるように痛む。しかし愛しているからこそ、今はサミルの戦いを遠くから見守るべきなのだと彼女には分かっていた。

武器を持たぬ市井の者たちは、樽を運び終わると兵士たちと別れを告げて避難をはじめていた。しかしブランシュは避難の列には加わらず、兵たちに混じってまっすぐに城壁を目指す。

王都を守るこの城壁が破られ、イルザファ帝国の都が陥落することになれば、同盟の鍵であるブランシュはどれほど逃げても徹底的に行方を追われることになるだろう。ツルク国が狡猾《こうかつ》であれば交渉材料として捕虜となる可能性もあるが、残忍であれば嬲《なぶ》り殺《ごろ》しとなってもおかしくはない。

王都アジュールの炎が消える時、ブランシュ自身の命の炎も尽きるのだ。彼女はそれが分かった上で、この街の運命を目に焼きつけたいと願った。

ブランシュの横には彼女を護衛するようにギナが行動を共にしている。

兵士たちはクロヒョウを従えた黒衣の姫君を見ると、まるで勝利の女神であるかのように彼女に敬意を示し、少し遠巻きに取り囲んだ。

ブランシュ自身は気がついていなかったのだが、この旅で死線を越えてきた彼女は兵士たちと同様かそれ以上に肝が据わり、ある種の生命力に溢れていた。

「姫君、こちらへ」

ブランシュが王都と街道を遮る城門の前まで来ると、兵士の一人が城壁へ登る階段に案内した。多くの兵がツルク軍の侵攻に備えるため城壁へ登っている。

武器を持った男たちがひしめく城壁の頂上まで来たブランシュは、広がった視界を埋め尽くすツルク国の大軍を見て思わず息を呑んだ。

ツルク兵の矢尻のように尖った目が確認できそうなほどに距離が近い。馬上の彼らは王都を前に足を止めていた。

その目と鼻の先でイルザファ帝国の兵たちが、まだ樽を積み上げる作業をしていた。

ここまで敵と距離が近くなると決死の作業である。積み上がっていく一樽一樽に命の重さが詰まっていた。

ツルク兵たちにも樽を積み上げる作業をしているのはもちろん目視できているはずだが、彼らは作業の邪魔をしようとはしない。

燃える水の産出はイルザファ帝国内でもごく限られた地域で、他国の人間にはその存在自体に馴染みがない。酒樽にしか見えないそれらに危機感がないのだ。

「なぜ突入してこないのかしら？」

いつまで経ってもツルク軍は一定の距離を保ったままそこに留まっていた。彼らが御する馬はすっかり興奮して嘶いている。

ブランシュの疑問に答えたのは彼女を城壁に案内した兵だった。

「おそらく反乱軍の合図を待っているのでしょう……陛下が暗殺され、バンダルが王位を宣言すれば奴《やつ》らの仕事は簡単です」

「大丈夫よ。そんなことサミルがさせない」

ブランシュの力強い声に周囲にいた兵が頷く。

しかしツルク軍は最初から長く待つつもりはなかったのだろう。鳥が鳴くような甲高い声を合図に、一斉に隊列が前進をはじめた。

それはちょうど最後の一樽を頂上に積み上げ終わったと同時で、城壁の外にいたイルザファ兵たちは大慌てで城門を目指す。

膨大な量の燃える水を一気に発火させるのだ。どれほどの火力になるかも想像できず、城壁の外に味方がいては着火できない。

「早く！」

「走れ、走れ！」

城壁の上から兵たちが仲間を励ます。弓矢を持った兵たちは矢尻に巻いた布に着火し、山と積まれた樽に標準を合わせて仲間が全員収容されるのをじりじりと待った。

そうしているあいだにもツルク軍は行進を続け、城壁へと近づいてきていた。積んだ樽が倒されてばらばらになればすべての努力は水泡に帰す。

「もうこれ以上は待てない！」

「待て、あと二人……いや一人だ！」

城壁の上では着火を焦る兵と仲間の収容を確認している兵が怒鳴り合う。

樽の積み上げに従事していた最後の一人が城門をくぐり、左右の扉がぴったりと閉じた。

「よし！　着火だ！」

いくつか上がったその声を合図に、兵士たちがいくつもの火矢をつがえる。

ブランシュはビュッと空気を切り裂きながらまっすぐに飛ぶ火球の行方を見守った。

◇　◇　◇

共に任務につくことの多かったバンダルを、サミルは憎く思ったことなどなかった。

それどころか、生真面目に任務をこなすことしかできない自分に代わって、仲間たちを笑顔にできるバンダルの性格をありがたいと感じていたし、彼のそんな部分を好ましく思い重用していた。

ただ時々、言葉にはできない不満を抱えているのではないかと思う時はあった。

自分のような出生の上司では納得できない参謀は多いだろうと自覚があった。だからこそサミルは誰よりも己に厳しく、率先して前線に立ち、自分の命よりも部下の命を守ることに努めてきたつもりだった。

(バンダル……俺がもっと話を聞いてやることができていたら、こんなことにならなかったのか?)

サミルは半月刀を構えながら自戒混じりの疑問を投げかける。

刃の向こうではバンダルが同じように半月刀を構えている。同じ釜の飯を食ってきた仲間とこうして刃を交えなければいけないのは、サミルにとって刃物で身を切られるのと同じ痛みだった。

「なぜなんだ……」

思わず漏れたサミルの言葉を聞いて、バンダルは嗤った。

「お前のような無愛想で野心もないのに部下がついてくるような男には、俺の気持ちなど分かるはずがない。一族で集まれば副官止まりの落ちこぼれだと言われ続けた……これ以上、俺はどうすればいい？」

バンダルの丸くて人懐っこい瞳に悲しみが満ちていくのをサミルは見ていた。切りたくない——ひとたび剣を握れば殺気を纏うサミルだが、心の奥ではいつだってそう願っていた。

人の肉を切れば刃を伝ってびりびりと蠕動《ぜんどう》する筋肉の動きが伝わってくる。それは死にたくはないのだと訴える肉体の叫びである。

サミル自身も刃を通して一つの死を経験しなければならないのだ。

「バンダル……お前は落ちこぼれなんかじゃない。いつだって優秀な仲間だった」

剣を振り上げ、地面を蹴ったバンダルにサミルは語りかける。

向かってきた刃をぎりぎりで躱《かわ》すと、バンダルの剣がサミルの頭巾に触れて紺碧の布をわずかに裂いた。

すべてが計算通りだった。

その瞬間にサミルは首を動かすと、刃に引っぱられた頭巾がするりとほどける。まるで舞台の幕引きのように、サミルとバンダルのあいだに空色の布が舞った。

サミルは力いっぱいに刃を縦に振り下ろし、その布を真っ二つに切り裂く。

反乱軍を指揮した以上、バンダルには死をもって報いを受ける道しか残されていない。痛みを感じる間もないほどに葬ってやろうとサミルは決めていた。

二つに裂けた布の向こうからバンダルの丸い目がサミルを見る。刃から伝わってくる肉の感触を全身で受け止めながら、サミルもまた彼から目をそらさなかった。

男二人の遺恨なき別れである。

紺碧の布がみるみる間に赤く染まり、大地に落ちる。

その刹那、雷を落としたようなドーン！　という爆音がして、バンダルの倒れた地面がガタガタと揺れた。

天変地異でも起こったかのような騒ぎに、周囲にいた兵は争いも忘れて立ち尽くす。

しかし何が起こったのか理解しているサミルは、かつて部下だった男の瞼をそっと閉じてから、城壁の向こうに広がる砂漠を見下ろした。

高台にあるこの場所から見ると、城壁の向こうで炎が吹き出している様子が一望できた。炎が炎を呼び猛炎となり、櫓は火玉となって空を舞う。

真っ赤な炎と黒煙が渦巻きながら昇る様は巨大な火龍が何匹も大地から飛び出し暴れ回っているようで、ある程度予想していたサミルでさえ炎の暴力性にぞくりと震えた。

行進中だったツルク軍は先陣に被害を出したようで、軍列が大きく乱れている。あれだけの炎を目の前にしては、優秀な騎馬民族の彼らでさえ遁走《とんそう》しようとする馬を制御しきれない様子だった。

(このまま去れ)

砂漠を見下ろしながらサミルは念じる。

炎の壁は街の四方を守っているわけではない。ツルク軍がここから体勢を立て直して回り込んできたら打つ策がないのだ。

サミル、ジャリル帝、ブランシュ、それにすべての兵たちが緊張の面持ちでツルク軍の行動を見守った。

しばらく炎の壁を前に騒然としていたツルク軍だったが、やがて彼らは来た時よりも素早く退却をはじめた。

短時間のあいだにこれだけの火器を用意できるイルザファ帝国に、底知れぬ恐怖を感じたのだ。燃える水など見たこともない民にとっては当然のことだった。

ツルク軍の撤退を見て、城壁の上から成り行きを見守っていた兵たちがワッと歓声を上げたのがサミルの耳まで届いた。

彼の背後では反乱に参加した兵たちが次々に武器を捨て、拘束されていく。

サミルはジャリル帝が服の破れた侍女に自分の上着を肩にかけてやっている様子を見ると、思わず笑みを漏らした。

ジャリル帝もサミルに気がつくと、豊かな髭に囲まれた口元を緩め安堵の笑みを浮かべた。

それは紛れもなく兄弟の絆《きずな》を示すものだった。

「バンダル、見ろよ。空が赤い……お前を弔う炎の花だ」

サミルはかつて部下だった男にそう語りかけると、旅立った男の強張っている手から半月刀を離してやり、まだ温かさの残る肉体の上にそっと置いた。そして自分の半月刀も大地にぐさりと差し、身体から離した。

今はこれ以上、刃物を握っているのがつらかったのだ。

願わくばこの血塗られた手に幸福を——サミルは全身が悲しみに感染してしまう前に、

愛する者を強く抱きしめたかった。

第八章　夜は香る

王都には大小含めて八カ所の公衆浴場がある。

ブランシュのお気に入りは市場の近くに位置する公衆浴場で、値段の安さと広々とした室内が人気で常に多くの庶民で賑《にぎ》わっている。

宮殿の近くにはモザイクタイルが美しい富裕層向けの浴場もあるのだが、彼女はうるさいほどに賑やかなここが好きだった。

服を脱ぎ生まれたままの姿で浴室に入ると、すぐに湯気の向こうから「こんにちは」といくつか声がかかる。ブランシュもすっかり慣れたイルザファ語で挨拶をし、熱い湯を体にかけた。

イルザファ帝国の浴場には湯船がない。あるのはかけ湯用の瓶だけで、かまどから供給される湯気が浴室内に充満している。この湯気を全身に浴びつつ発汗を楽しむのだ。

ブランシュが大理石の腰掛けに座ると、我先にと隣に年配の女性がやってきた。

「ブランシュ様、この石けんを嗅いでみて下さいな」

ブランシュの倍ほどの年齢であろう彼女はふくよかな体型で、豊満な胸や腹をあっけらかんと晒している。もちろんここにいる女性はみんな全裸なので恥ずかしがる必要などない。イルザファ帝国の公衆浴場は男湯も女湯も裸の社交場となっている。

「まぁ、この香りはスモモね！」

「ええ、この前分けていただいたスモモのオイルで石けんを作ってみたんですよ。差し上げますから使ってみて下さいな」

「ありがとう！　使ってみるわ」

ブランシュは石けんを受け取ると、さっそく試してみようと洗い場に向かう。しかし腰を落ち着ける前に、また別の女性から声をかけられた。

「ブランシュ様、こんにちは」

「こんにちは。娘さんの風邪はどう？」

「教えてもらった薬草茶ですっかりよくなったんですよ！　ああ、そうだ。うちの駱駝が子供を生んだんで、今度、乳をお屋敷にお持ちしますね」

「うれしいわ。珈琲《コーヒー》を駱駝乳で薄めて飲むのが好きなの」

「……ブランシュ様は西の文化を色々と教えて下さいますが、珈琲の飲み方だけはイルザファ風が一番ですよ」

女性がそう言うと、周囲の者たちも同意しながら声を上げて笑った。

ブランシュの周りには人が絶えない。

イルザファ帝国の公衆浴場では洗体マッサージが受けられるのだが、ブランシュが洗体台に横たわってスモモの石けんで洗われているあいだも、代わる代わる女性たちがやってきては話しかけてくる。

会話の内容は洋服に縫い付ける刺繍の図案やら、山羊《やぎ》の病気に対する予防やら、煮豆を柔らかく炊き上げる方法など様々だ。

エストライヒ王国の図書室に閉じこもって暮らしてきたブランシュの英知はなかなかのもので、イルザファ帝国の女性たちは彼女の知識に興味津々だった。

またブランシュもエストライヒ王国にいては知り得なかったことを学べるので、風呂仲間と語り合うのは日々の楽しみになっている。特にこの地方でよく飲まれているいくつかの香辛料と共に焙煎《ばいせん》された珈琲は彼女を虜《とりこ》にしていて、目下お気に入りの飲み方を研究中だった。

「そういえばこの前貰ったスイカがとても赤かったのだけど、どうやって育てたの?」

「特別なことはしてませんよ。ただ十分に赤くなるやつから種を取ってるんです。熟しても大して赤くならないのもありますからね」

ブランシュの質問に何気なく答えているのは農夫の妻で、彼女には学などないが美味《うま》い作物を育てることにかけては誰にも負けない。

「植物の色というのは味に関係があるのでしょうね。今度、その種を分けてもらえないかしら？　砂漠に撒《ま》いてみたいわ」

「砂漠に？　あそこに育つのは苦いやつだけですよ」

「苦いのが育つなら、甘いのも工夫次第で育つかもしれないわ」

そう言って蜂蜜色の瞳をキラキラとさせるブランシュを見て、農夫の妻は苦笑しながら失敗しても大丈夫なようにたくさん種を持ってくると約束した。

美味しい珈琲を煎れる研究に余念のないブランシュだが、最近は砂漠に植物を育てることにも心血を注いでいる。

彼女が砂漠に風よけの板を立ててみたり、水路を掘ってみたりするのをイルザファの民は最初は呆れて見ていたが、近頃では肥料を持ってきたり、日除けの修繕を手伝ったりと何かと協力するようになってきていた。

「ブランシュ様、こちらに来て一緒にどうです？」

たっぷり汗をかいたブランシュが爽快な気分で脱衣所を出ると、またもすぐに声がかかった。

脱衣所の前には長椅子とテーブルが置かれ、入浴後にくつろげるようになっている。女性たちはまだきちんと服を着ないまま輪になって、そこで持ち寄った菓子を摘まんでいる。イルザファ帝国の女性たちは肌を露出させて戸外に出ることがない分、ここで裸の付き合いを楽しんでいるのだ。

「また今度ね！」

ブランシュはひらひらと手を振って誘いをかわすと、公衆浴場を出て歩きはじめた。

時刻は夕方になり、赤みを帯びた陽光が王都に満ちている。

ブランシュの濡れた金髪は風になびいて光沢を放ちながら、一歩一歩進むごと乾いていった。

イルザファ国民は男女共に頭髪を頭巾で被う習慣がある。頭巾は砂埃から髪を守るという利便性もあるが、女性の場合は〝美しく貴重なものほど隠さなくてはいけない〟といわれているからである。

ブランシュもイルザファ帝国で暮らすようになってからしばらくは、この習慣に従っていた。しかし約二年前のある日、ふとそんな習慣に不満を持っている自分に気がついた。

ブランシュは物心ついた頃から美しい髪が自慢だった。恥じるように隠し続けることに疑問を抱きはじめると、彼女の気性では無理に習慣に従うことはできなくなった。

「ブランシュ様、こんにちは」

「こんにちは」

市場に続く大通りを歩いていると、いつものように市井の者たちが彼女に挨拶を交わしてくる。

名前を知っている者もいれば、知らない者もいる。そしてそのなかにはブランシュのように頭巾を被っていない女性もいる。

自慢げに黒髪をなびかせて歩く女性を見送り、ブランシュはこっそり微笑んだ。

ブランシュが見事な金髪を晒した時は多くのイルザファ国民が〝外国人だから〟と遠巻きに見ていた。しかし彼女が美しい髪飾りをつけたり、工夫を凝らして結い上げたりしているうちに真似をする女性が出てきたのだ。

もちろん根付いている文化を尊重する者も多いが、最近では〝頭巾の使用は本人に任せる〟という風潮ができてきたのも事実だった。

(もう二年以上になるんですもの……)

ブランシュが頭巾を外して通りを歩いた日からもう二年以上が経っていた。

勝手な行いが許されたのも、公式に支持を表明した夫の影響が大きかったのは分かっている。

ブランシュは巡った季節を数え、夜空の下で口づけを交わしたあの日を先日のように思い出す。結婚してからはもう三年以上が過ぎていた。

そうしながら歩いているうちに、彼女は市場の喧噪のなかに身を置いていた。

母国であるエストライヒ王国では宮殿の外に出ることさえ簡単ではなかったブランシュだが、今はその埋め合わせをするように頻繁に市場に通っている。

ブランシュのような身分では市場に直接出向かなくとも用事は済ませられるのだが、彼女は街の活気が好きなのだ。

それに市場に出てみて初めて分かる物価の変動や、輸入品の売れ行きなども彼女の好奇心を刺激した。

「ブランシュ様、特等席にご案内しますよ」

「こんにちは。お願いします」

ブランシュを誘ったのは屋台の主人だ。

屋台といっても常設なので飲食できるように簡単な座席が設けられている。

でっぷりとした体格の主人は訳知り顔でブランシュを一番奥の席に案内した。

その席にはすでに先客がおり、彼女がやってきたのに気がつくと顔を上げる。

「どこの美女かと思ったら、我が妻か」

「妻でがっかりしませんでしたか？」

ブランシュの返事にほんの少し口角を上げると、サミルは無言で彼女の腕を取って引き寄せた。対面にも席はあるが、横に並んで座るのが二人のやり方である。

サミルはいつものように瓶から妻のためにザクロ酒を注ぐと、自分は彼女の肩に腕を回す。

イルザファ帝国ではたとえ夫婦であっても男女が戸外で親密な様子を見せる習慣がないのだが、サミルは人目を気にすることなく、どこでも妻を自分の腕の下に入れておくのを好んでいた。

宮殿での仕事を終えたサミルと、公衆浴場で汗を流し終えたブランシュは、よくこの店で待ち合わせをする。酢漬けの野菜を囓りながら軽くザクロ酒を酌み交わすひとときを、二人は大切にしていた。

「お仕事の方はどうです？　ツルク国の使節団は……」

「ツルクの方はまだまだだな。使節団のなかで意見が割れている。彼らにはもうしばらく我が国を楽しんでいってもらうことにするよ」

「何かお手伝いすることがあれば仰って下さいね」

「大切な妻を外交に引っ張り出すのは、なるべく避けたいな」

屋台の外ではどんどん日が落ちて、街のあちこちでランプの灯りが点りはじめていた。

約三年前にあったツルク軍との攻防で燃える水の貯蔵が一時的に尽きていたが、今では十分な蓄えに戻っている。王都が薄闇に光り輝きはじめるこの時間帯は、見慣れた住民たちでもうっとりと町並みに視線を漂わせるほどの美しさである。

バンダルによる反乱とツルク国からの侵攻騒ぎが収まったあと、ブランシュとサミルはジャリル帝の許しを得て正式な夫婦となった。

サミルは国王の命を助けた褒美を問われ、ただブランシュだけを望んだのだ。

国王だけでなく一国を救ったともいえる二人の絆を認めぬほどジャリル帝は頑固ではなかった。それどころか彼はこう言い足したのだ。

「そもそも同盟を上手く進めるために結婚はするが、時期を見て離婚し、サミルの元へ戻すつもりであったのだ」

バツが悪そうにそう言ったジャリル帝に、一時は死をも覚悟していたブランシュとサミルは返す言葉を失った。

――それならそうと早く言ってくれればよかったではないですか！　と二人が思ったのも無理はない。しかしのちにジャリル帝が語った言葉によると、「そのような甘い裁量では余の権威が保てぬ」ということらしかった。

「まぁ、そういう思慮深い人ではある。情は深いが権力者としてそれを簡単には見せようとはしない」

そうサミルはブランシュに語った。

二国間の同盟はブランシュが予定外の結婚相手を選んだことにより調整が難しくなったが、サミル・ムスタファ・パシャという人物がジャリル帝に次ぐ実力者であると公式に示し、どれほど二人が愛し合っているかを書《か》き綴《つづ》った書簡をブランシュ本人の筆で〝もういい加減にしてくれ〟と言われるほど送り続けるに至り、エストライヒ王国側も了承した。

「褒美が女一人でいいのか？」

妻にする予定だった女を横取りされた形となるジャリル帝は、ブランシュとの結婚を許可したあと、軽いやっかみ混じりにそう訊ねた。

「彼女の価値は一国に値します」

国政を司《つかさど》る官職たちが集まる会議でしれっとそう言い放ったサミルだったが、「望めるならもう一つ」と言い添えるのも忘れなかった。

現在の彼は軍の指揮官を辞している。

それがサミルの望んだ二つ目の願いだった。

ブランシュとの結婚よりもこちらの望みの方が叶《かな》えるのが難しかったといえる。なにせ軍人としてのサミルの実力は周知の事実で、慕う部下が多かった。特に反乱があった直後なのだ。信頼のおける軍指導者が必要で、ジャリル帝も簡単には許可を出さなかった。サミルが長かった軍職から離れることができたのは、つい半年ほど前のことである。

（この人は顔つきがどんどん優しくなってくる……）

ブランシュはゆっくりとザクロ酒を味わいながら、夫を見上げる。

すぐに彼女の視線に気がついたサミルは、長い睫毛に囲まれた碧眼を細くして微笑む。二人が出会った頃は笑顔を作る方法さえ知らなかったサミルだが、近頃の彼は表情を豊かに変えるようになっていた。

「スモモの匂いがするな」

肩を抱いたサミルの指はまだ少し湿っているブランシュの髪を弄んでいる。こめかみに鼻の頭を擦りつけられ、ブランシュはくすくすと少女のように笑った。

「スモモのオイルで作った石けんを使ったんです」

「なるほど、どうりで美味そうな匂いだ」

今は妻さえも食べてしまいそうなサミルだが、反乱の沈静後、しばらく痩せていた時期があった。

バンダルの裏切りと死が、彼を喪心状態へと追い込んでいたのだ。

晴れて夫婦と認められた時期でもあったので、妻の前で憂《うれ》いを見せることはなかったが、ブランシュは彼の隠された悲しみに気がついていた。

サミルという男は幼い頃から命がけで生きてきたせいで、ひとたび剣を抜くと無意識に攻撃態勢に入る。そして剣を振るっているあいだは心と体を別々に機能させ、最善の結果を求める。

しかし戦いを終え、心と体が一つになった瞬間、彼は返り血を浴びている自分に嫌悪するのだ。

誰にもそんな心の内を語ったことはなかったが、ブランシュはサミルの優しさを知っているがゆえに剣が与える孤独を感じていた。だからこそ、こうして彼が軍務から離れたことを喜んでいる。

現在のサミルは外交関係の職務を主に、ジャリル帝の右腕となって働いている。

一度はバンダルを利用する形でイルザファ帝国への侵攻を試みたツルク国だったが、あのあと権力を持っていた将軍が急死したことにより国が乱れた。

サミルはこの機会にツルク国とも不可侵の同盟を結んでしまいたいと現在、使節団を受け入れ、国交を作ろうと懸命に動いているのだ。

ジャリル帝もサミルも、戦争を嫌う思いは同じだった。

「そろそろ行こうか」

ブランシュのグラスが空になったのを見て、サミルが立ち上がる。

「またお待ちしていますよ」

そう言ってニコニコと見送る屋台の主人に挨拶をして、二人は日の落ちた王都を歩きだす。

三年前、樽を転がした大通りは現在、帰宅を急ぐ人々が行き交い、街灯の明かりが趣《おもむき》を添えている。

街灯が整えられている国など他にはないのだが、イルザファ帝国では豊富な光源があるので、市場の商人が店をたたむ時間帯まで大通りに灯りが満たされているのだ。

二人が目指す屋敷は海の見晴らせる丘にあり、路地へ入ったサミルはブランシュの手を取って小径を歩きだす。馬車が通る大通りも屋敷に通じているのだが、二人は民家のあいだを縫うように伸びているこの小径が好きだった。

民家から子供を叱る声や鼻歌が聞こえてくるなか、サミルはさらにブランシュを引き寄せる。この時間になると人通りの少なくなるこの路地は恋人たちのものになる。

「ああ、そうだ。森の伐採に関する法案は近く確定される。まだ限定的だが、近い将来には全面禁止にしたい」

「よかった！　あの森がなくなったらこの辺りは一気に砂漠化が進むわ」

「君の美しい髪が砂まみれになるのは由々しき問題だからな」

サミルが真面目な顔でそう言うものだから、ブランシュは思わず声を上げて笑った。

「冗談ではないぞ」とさらに彼は言い、妻の前髪を掻《か》き分《わ》けると陶器のような額に口づけを一つ落とす。

ブランシュが続きを求めて顎を上げると、サミルはその華奢な顎を中指でくすぐりながら妻の唇を我がものにした。

骨と筋肉ばかりで構成されているようなサミルの体だが、その唇は生まれたばかりの赤ん坊のように柔らかい。数えきれぬほど口づけを交わしていても、ブランシュは彼の唇を味わうたびに恋が始まるのを感じる。

「我ながら狂っていると思うよ。三年も夫婦をやってきているのに、口づけ一つ家まで我慢できない」

「お互いに我慢できなかったから、私たちは今こうして夫婦になれたんですもの……」

〝我慢なんてしなくていい〟と暗に言ったブランシュの言葉を受けて、サミルは妻の腕を取ると壁に優しく押しつけてその唇を丹念に吸った。

彼の長い舌が口腔でうごめくほどにブランシュの体の芯は熱くなり、溶けだしていく。

もうこれ以上口づけを続けるとお互いに離れられなくなってしまうというぎりぎりのところで、サミルはやっと体を離した。

ブランシュは濡れた唇でうっとりと顔を夫を見上げる。

「そんなに亭主が好きか？」

艶っぽい笑顔で夫にからかわれて、ブランシュは自分の顔が火照っていくのを感じた。気持ちがすっかり顔に出ていたのだ。

ブランシュは素直に頷くと、隠れるように自分の定位置である彼の腕の下に収まる。ここにいると世界中が敵になったとしても大丈夫なのだと安心できた。

二人は足を速めて自宅を目指す。もう屋敷が見えてきており、主人を出迎えるように橙《とう》黄色《こうしょく》の灯りが揺らめいている。

玄関の前まで来ると、まずクロヒョウのギナが寝そべったまま主人を出迎えた。ギナは半野生で普段は森に入って狩りをしているため、ほとんどこの家にいないのだが、気が向くと顔を見せにやってくる。

「おかえりなさいませ」

ギナの次に二人を出迎えたのはまだイルザファ語が拙い侍女のエマである。

エストライヒ王国の宮殿で姉妹のように暮らしていた侍女を、ブランシュは約二年前に呼び寄せたのだ。

とはいってもブランシュが積極的に呼び寄せたのではなく、エマからの〝寂しい〟〝会いたい〟〝私がいなければ……〟という度重なる手紙での訴えを受けてのことだった。

当初はエストライヒ王国とはまったく異なる文化にエマが馴染めるのかと心配したブランシュだったが、いまや以前にも増してこの侍女が必要となっていた。

「シナンはまだ寝てる？」

「ええ、ぐっすり……でも今から寝ると夜中に起きてしまうでしょうね」

ブランシュとサミルがエマを伴ってまっすぐに向かったのは子供部屋である。

部屋の主はやっと八ヶ月になる長男のシナン——ブランシュは第一子となる男の子を出産したのだ。

むっちりとよく肥え、父親似の美しい碧眼を持った子だが、今は閉ざされた瞼に隠れている。

「はぁ……恐ろしく可愛い寝顔だな……」

シナンを起こさないようにそっと息子の巻き毛を撫でるサミルは、気づかぬうちに思考が声になっていた。

サミルはブランシュが予想していたよりもずっと子煩悩な父親へと変貌しており、シナンを前にすると目尻は下がり、口角は上がり、時には赤ん坊言葉まで話しだす有様である。

ちなみにシナンの隣にはもう一人女の子が寝ている。

この一歳半になる女児ロッテはエマの子供だ。エマはエストライヒ王国で庭師の男と所帯を持ったあと、ブランシュが妊娠したと知るや、いても立ってもいられずに夫と生まれたばかりの子を連れてイルザファ帝国へやってきたのだった。

エマの家族は広大な敷地を持つこの屋敷の一角に住居を得ているが、シナンとロッテは年齢が近いこともあり、こうして同じ部屋で育てられている。

「シナン様が寝ているあいだに一休みしてきて下さいな。起きればお二人を呼ぶでしょうから」

エマに促され、ブランシュとサミルは赤子の美しい寝顔に後ろ髪を引かれつつ、子供部屋をあとにする。

もうそれほど頻繁に乳も飲まず、夜泣きも減ってきてずいぶんと育てやすくはなってきたものの、最近は深夜になるとハイハイで散歩を楽しみたがる時もあった。

「シナンは日に日に大きくなるな……赤ん坊ではなくなっていくのが寂しいよ」

夫婦の寝室に入って上着を脱ぎながら語ったサミルの言葉に、ブランシュはこっそりと苦笑する。

〝寂しい〟などと臆面もなく言うサミルを知ったら、政府の高官や部下たちはどんな顔をするだろうかと思ったのだ。軍職を離れたサミルだが、反乱を鎮め、王都を守った指揮官として名高い彼を、尊敬と畏怖の眼差しで見る者はいまだに多い。

「いつもは怖いものなしのあなたなのに、シナンのことになると気弱なのね」

「愛するものが増えると怖いものも増えたな。一人の時は明日のことなどどうでもよかったのに、今では百年後、千年後のことを考える……シナンの子供たちの未来を……」

「……怖いものが増えてお困りですか?」

「正直なところ、もう少し増やしたいと思っている」

サミルはそう言いながら服を全部脱いでしまうと、妻の目にその引き締まった体軀を晒した。

いくつもの傷痕が刻まれた皮膚、そして右足の無機質な義足。

彼の体軀は軍務から退いた今も引き締まっており、義足の膝上部分には変わらず藍玉が煌めいている。

彼の傷痕や義足を最初に見た時は驚いたブランシュだったが、いまやなくてはならぬサミルの一部だと認識していた。

（この傷も、義足も……すべてが愛おしい……）

ブランシュの指は夫の左胸に走る古傷を辿っていった。

無数の傷を撫でながら、ブランシュは彼が背負ってきた痛み以上に幸せを与えたいと望む。

彼の幸福が彼女の幸福であり、彼女の幸福が彼の幸福だった。

「あなたは……幸せですか？」

今さらそんなことを訊ねる妻に、サミルは頬を緩ませる。

「君と出会ってから、光のなかを歩いている気がする……幸せ以上に幸せだよ」

そう言った彼の碧眼は宝石よりも美しく輝いており、ブランシュの体は自然と引き寄せられた。

下穿きもすでに脱ぎさっているサミルは、雄の印をぎちぎちと漲らせている。彼は妻を強く抱き寄せると、言葉ではなく肉体で誘惑した。

下腹部に押しつけられる肉塊は情熱的にブランシュを求める。なだめるように彼女がそこに手を添えると、それはぶるりと震えて質量を増した。

この三年で数え切れないほど肌を重ねてきた二人だが、この生々しい欲望にブランシュはいつまで経っても慣れない。

「君にまたスモモの苗木を贈りたいな……どうだろう？」

サミルは妻の服を脱がすと、まだ風呂の湯気を溜め込んでいる彼女の温かい肌に唇を落とす。子を産んだブランシュの肢体は母性を感じさせるふっくらとしたものになっており、それがいっそうサミルの雄を滾らせる。

「そうですね。シナンも大きくなってきましたし……」

ブランシュは夫の言葉の意味をすぐに理解すると、まんざらでもない様子で微笑んだ。

シナンを無事に出産した時、サミルは妻を労《ねぎら》うために贈り物をした。それがスモモの苗木なのだ。

エストライヒ王国から取り寄せたスモモの苗木は百本にものぼり、広大な邸宅の庭だけでは足らずに、スモモのための果樹園まで作った。現在はエマの亭主が果樹園の責任者を勤めている。

「あなた、寝台へ……」

首筋を這う唇に熱がこもってきたのを感じ、ブランシュは夫を誘った。

しかしサミルは彼女の腕を摑むと、反対に壁へと押さえつけてしまう。

「……君がどれぐらいまで立っていられるか、見てみたい」

意地悪な夫の言葉を聞いて、ブランシュは脳まで舐められるような感覚に喘いだ。

すぐに慣れ親しんだ指がやってきて、彼女の真っ白な太腿を撫ではじめる。

慎みからブランシュは両足を閉じようとしたが、サミルの足が割り込んできてそれをさせない。強引に足を開かせ、茂みの奥にやってきた指の大胆さに、ブランシュは夫が〝本気〟なのだと悟った。

シナンの出産前後、サミルはブランシュの体を気遣って己の欲望を抑えてきた。彼女自身が回復してきてからも、夜中に何度か乳を与えるために起床しなくてはいけない状況を考え、夫婦の交わりはあっさりとしたものになりがちだった。

ここ最近、やっと肉体的にも精神的にも余裕ができて、押さえ込んでいた夫婦の淫欲がにわかに盛り返してきていた。

「今晩は我が妻を味わい尽くしたい……こんな甘い香りで誘われては、抑えることなど無理だ」

「私も……あなたを味わい尽くしたい……」

ブランシュの言葉を聞いたサミルは、秘部に溜まってくる蜜で弄んでいた指をさらに深い部分へと進めた。

「あぁっ！　……んん」

「高炉みたいに熱いな……指が溶けていきそうだ」

内側で長い指がゆるゆると動くほどに、ブランシュの腰辺りに甘い快感が溜まっていく。妻の肉体の神秘を知り尽くしているサミルの愛撫は絶妙で、二本の指だけで彼女は淫奔に仕上げられていく。

「だ、め……んっひぅ……そんなに動かしちゃ……あぁぁ……」

「自分で気がついていないんだな。動いているのは君の方だよ。腰を振って俺の指を味わっている」

「ん、ごめんなさい……恥ずかしい……私……」

「もっと味わえばいい……俺は君のものなんだから」

サミルの言う通り、ブランシュは立った姿勢のまま腰を揺らしていた。

そんな妻をサミルは左腕でしっかりと支えながら右手で快楽を送り込んでいく。彼の手は大きく、二本の指を蜜口にずっぽりと差し込みながらも、親指は敏感な一点を捕らえていた。

ブランシュの秘めた蕾は夫によってずいぶんと開発されていて、少し触れられるだけで硬く火照る。ひとたび皮から露出すると、そこはもっと刺激をほしがるように尖りを肥大していった。

内側と外側を同時に擦られ、ブランシュの口からはしたない嬌声が漏れ続ける。

「もう、だめ……もうだめなの……」

ブランシュは駄々っ子のように首を横に振りながら止めどなくやってくる愉悦を拒否するが、サミルはさらに巧みに指を動かし続ける。

「気持ちいいか？」

ブランシュは夫の低い艶声に聴覚まで愛撫されながらコクコクと頷くしかない。口を開けば「やめて」と「もっと」という対局にある言葉が同時に出てしまいそうだった。

サミルは妻を焦らしはじめていた。ブランシュの呼吸が短くなってビクビクと痙攣がはじまると指の動きを止める。そして溢れた蜜をすくうと再び激しく指を動かし、また止まり、また動き……。

焦らされ続けているブランシュはどうしようもなく達したくて、サミルの指に擦りつけるように腰を動かす。そんな淫らな自分が恥ずかしいのに、そうすることがやめられなかった。

肉体が本能的に雄を求め、子宮は飢えを癒やしてほしいと疼く。

「お願い……お願いです……もう、もう……意地悪、しないで……」

「愛らしすぎる君が悪い……」

妻の願いを聞き入れたサミルはもう指を止めなかった。

ぐちゅぐちゅと淫猥な音を奏でながら、彼の指は動き続ける。水音とブランシュの呼吸音が絡まり合って、愛を讃《たた》える曲となる。

「あっあっあっ……！」

ブランシュは唐突にやってきた絶頂感に突き上げられ、がくがくと体を震わせた。力の入らない両脚のあいだからは、数滴の雫が落ちて床に水滴を散らばらせていく。

「や、恥ずかしいから……見ないで、下さい……」

悦楽の頂から戻って来られないまま、ブランシュは火照った太腿に伝い落ちていく雫に気がついて頰を染めた。

サミルによって快楽の極意を授けられた彼女は、いつしか己を解放する瞬間に泉が溢れ出すようになっていた。

「恥ずかしがることじゃない」

小水とは異なって匂いも色もないそれを、夫は〝そういう女性もいるらしい〟と独身時代に収集したその手の文献を見せて説明したが、ブランシュにしてみれば理屈ではなく恥ずかしいものは恥ずかしい。

羞恥でうつむいていると、サミルがいつもそうするように彼女の顎に指をかけて上を向かせた。

サミルはねっとりとした口づけを妻に贈ったあと、床に跪く。

彼が何をしようとしているのかブランシュが悟ったのは、やっと乱れた呼吸が整ってきた時だった。

「あなた、それは……やっ！　……んんっ！」

サミルは秘密の茂みを両手で左右に押し広げると、まだ硬さを保ってヒクついている蕾を食んだ。

「だめ、今は……今、それ……すぐに、あぁぁぁ……」

一度達して敏感になりきっているそこをじゅっじゅっと吸引され、ブランシュは再び悦楽の空間に放り出される。それは乱暴的とも思えるほど強い快感で、舌が何度かその小さな一点を弾いただけで、脳髄までジンジンと甘くしびれた。

経験上、妻のそこがとても感じやすいのだと知っているサミルは、尖らせた舌先で淫猥に舐め回し続ける。

「サミル……あなた……も、もう、く、る……！」

一度目よりもさらに強い絶頂感――ブランシュは最愛の者の名前を切なく呼びながら、痙攣に体を震わせる。それとほぼ同時に制御の効かなくなった体から力が抜けた。

立っていられなくなった妻をサミルはしっかりと受け止める。そしてぐったりとしたその肢体を愛おしげに眺めつつ寝台に運んだ。

下肢からいやらしい汁を滴らせているのはブランシュだけではない。サミルもまた狂いそうになるほど妻がほしくて、いきり勃った欲望から透明の先走りを垂らしていた。

「君は楽にしていたらいい」

そう言ったサミルに誘導され、ブランシュは体を横に向ける。

彼の収集している文献によると、圧迫感がない体位なので女性に負担が少ないとされている体位である。二回達した直後なので少しでも妻が楽なようにと気遣ったのだ。

しかし背後から抱き寄せられて彼の熱杭がずぶずぶと挿ってくると、ブランシュは〝楽〟どころではなくなった。

「あっあっあっ……」

ブランシュはあまりにもそれを求めすぎていた。

指だけでは得られなかった強い圧迫感が彼女に甘美な刺激を与える。押し広げられながら先端の出っ張った部分でずりずりと擦られると、白い臀部が貪欲に揺れた。

横向けに身体を倒していたのに自然と臀部が持ち上がり、すぐに獣のような後背位となった。

「ブランシュ、我が妻……素晴らしいよ、君は……」

サミルは彼女の腰を掴み、引き寄せる。その腰遣いはゆっくりとしたものだった。彼も限界まで我慢していたので、長く保つことが難しいのだ。

しかし限界が近かったのはブランシュも同じだった。

「んん……っあ！　あぁぁ……」

体の奥底を何かが這うような愉悦が湧き起こってきたかと思うと、それは背筋を駆け上がり脳まで甘く溶かす。

ブランシュは子猫のような細い嬌声と共に瞬く間に終焉《しゅうえん》を迎えてしまった。

何もない世界――その小さな死が通り過ぎると、すぐに新たな快楽が誕生する。

打ち込まれた雄茎はぱちゅんぱちゅんと肉の重なり合う音を立てながら、容赦なくブランシュを貫き続けていた。

妻が三度目の絶頂を得たことにサミルは気がついていなかった。収縮が強くなった隘路に苛まれて、耽溺《たんでき》のさなかにいたからだ。

もう制御など不可能になった彼は荒々しく突きはじめる。

「あっ！　あなた……そんなに、激しいの、だめ……また……」

「ああ……君が悪いんだ。こんなにも……きつく締めつけられては……とめられない」

サミルは食いしばった犬歯のあいだから獣じみた息を吐きながら貫き続ける。

耳の後ろで感じる夫の乱れた呼吸さえも。ブランシュの官能を刺激していた。

ブランシュとサミルは溢れる蜜のなかで完全に馴染み、もうどこまでが自分の身体なのか、自分の汗なのか、自分の愉悦なのか分からない。

血液が沸きたち、身体のあちこちで快感が火花のように弾け、それがどんどん大きくなった時、二人は完全に一つになりながら同時に飛んだ。

大波のような歓喜が彼女を覆い尽くす。

びゅくびゅくと熱い液体が胎内に満たされていくのを感じながら、ブランシュは幸せで仕方がなかった。

サミルとの出会いから、砂漠を越え、死に立ち向かい……今こうして夫婦として愛し合えることは奇跡なのだと思う。

「サミル……あなた……」

まだ背後にいる夫にどうしても口づけがしたくて体を捻ると、それを察したサミルが彼女を軽々とひっくり返した。

二人は顔を合わすとまだ乱れる呼吸で口づけを交わし、互いの愛を讃える。

「今日の種が実ればいいな……」

サミルが独りごちるように言い、妻の蜜口から垂れ落ちてきた己の白濁液を指ですくっ

た。

「さっき動いたので、ずいぶん漏れてしまいました……」

ことを終えてなお夫の指が敏感な部分に触れているので、ブランシュは恥ずかしさで頬を赤らめ、身を捩《よじ》る。

つい先ほどまで欲情の嵐に身を任せ、あられもない姿を晒していたというのに、こうして横になって視線を交えると一気に羞恥が戻ってきていた。

しかしサミルは〝ことを終えた〟つもりなどないのだろう。妻の下肢に差し込まれた指は休むことなく熱心に動き続けている。

「ではもう一度注ごう……こんなに美しい妻を目の前にして、これで終えるなど拷問と同じだ」

サミルが汗で光る身体を起こし、妻に覆《おお》い被《かぶ》さる。激しい交接を終えたばかりだが、彼の体力では夜はまだ始まったばかりだった。

甘美なる陶酔の口づけ——その時だった。

ガタン！　と扉が揺れて二人は顔を見合わせる。風が廊下を通り抜けたのだと思いたかった二人だが、すぐにもう一度ガタガタと扉が揺れ、風のせいではないことを知らせた。

「くそっ！」

扉の向こうにいるのが誰であろうと、夫婦の濃厚な時間を邪魔されれば悪態の一つも吐きたくなるだろう。

エマにしてはずいぶんと無作法で、サミルは不審な表情で妻から離れると上着を引っかけて扉に向かった。

「誰だ？」

サミルが呼びかけても返事はない。扉はまだ揺れており、ブランシュは夜具で肌を隠しつつ夫の表情に緊張が走るの見ていた。

しかしカシッカシッと扉から乾いた音が聞こえてきて、二人はすぐに表情を緩めた。聞き慣れたこの音は木製の扉を爪で引《ひ》っ掻《か》く音である。

「ギナ！　頼むから邪魔をしないでくれ。お前だって男なんだから分かるだろ⁉」

そう言いつつも扉を開けたサミルは絶句した。

ギナの足下にいる息子を見たからだ。

「まあ！　シナン、どうして……」

寝台から首を伸ばして様子を覗っていたブランシュも、息子の登場に服を羽織ると慌てて駆け寄ってきた。

ところがシナンはせっかく会えた両親になど興味はないといった様子で辺りを見回すと、

回れ右をしてまだ不器用なハイハイで廊下を進んでいく。ようやく自分で動き回ることができるようになってきたシナンは、それが楽しくて仕方がないのだ。

赤ん坊はむっちりとした尻を振りながら廊下を進んでいく。それを見たギナは彼の服の端を咥《くわ》えて両親の元に誘導した。

どうやらあちこちに動き回る子を見つけ、なんとか両親の元に送り届けなければと、こうやって方向修正しながらこの部屋の前まで来たらしい。

「ギナ、ありがとう。子守をしていてくれたのね」

ブランシュはこれ以上シナンが無謀な冒険者とならないように抱き上げつつ、ギナの頭を撫でようと手を伸ばした。

ところが誇り高いこの獣は相変わらずフンと首を振ると、長い尻尾で床を一つ叩いて二人に背中を向ける。

〝俺様が子守なんてするはずがないだろ〟とでも言いたげな背中を見送りつつ、ブランシュとサミルは彼を傷つけないようにこっそりと笑った。

ギナの面倒見のよさは折り紙付きなのだが、彼自身はそれを認めていない。決して飼い猫にはならないという矜持があるのだ。

「エマはどうしたのかしら？」

ギナの子守は素晴らしいながらも、この家には子守の本職がいるのだ。二人は簡単に身なりを整えると、シナンを抱いて子供部屋に向かった。

そこで見たのは予想通りの光景だった。

エマと彼女の娘ロッテがそろって寝息をたてていたのだ。もう夜も更けてきており、子育てに追われながら侍女として働くエマを思うと、二人は彼女を責められるはずもない。

「気持ちよさそうに寝ているな。今、起こすのも無粋だから、亭主にあとで迎えに来るよう伝えておこう」

「私も一緒に。シナンも外に行きたいみたいですから」

廊下に出て行こうとする夫を引き止め、ブランシュもあとに続く。

エマの住居は庭を横切った一角にあり、好奇心旺盛な息子をちょっとした夜の散歩に連れていくのに最適なのだ。

サミルは了承する印にシナンをブランシュから抱き上げると、空いた手で妻の手を握った。

一家は屋内から出るとゆっくりと庭を歩きはじめる。

庭にはシナンが誕生した時に植えられたスモモの木が並び、明るい上弦の月に照らしだされている。これらの木はまだ小さく花も実もつけていないが、夜の空気にほんのりと甘い香りを足しているようだった。

木々のあいだからは光塔に照らし出される王都が見え、夜も深まってきた現在、一つまた一つと家の灯りが消えて闇が領域を広げている。

闇が満ちていくほどに星々は存在を増し、眠りゆく世界に祝福の光を与える。

何も特別なことはないが、麗《うら》らかな夜だった。

「こうして月を見上げていると、君と二人きりで過ごした砂漠の夜を思い出すな」

夜空を見上げて、足を止めたサミルがぽつりと言う。

ブランシュは小さく頷き、繋いでいる夫の手を強く握った。

サミルと初めて結ばれた夜、死を覚悟するほど肉体は危機的状態にあった。しかし今こうして過去として振り返ると、そこには目映《まばゆ》いほどに美しい思い出しかない。

(この人と共にいる限り、きっと美しい思い出しか残らないんだわ……)

この国に来て怖い思いもしたはずなのに、そんな記憶はサミルの献身と愛情によって洗い流されていた。

ふと視線を上げると妻と息子を見下ろすサミルと目が合う。その穏やかで満ち足りた表情は彼が幸せであることを示しており、繋いだ手からブランシュにも幸福感が伝染してきた。

「私、イルザファ帝国が好きです……最初は言葉も違う文化も違う一夫多妻の国へ嫁ぐことに不安ばかりだったけど、今はこの国こそが自分の国なのだと思えます」

「……そう言ってもらえるのは嬉しいが、一夫多妻については俺はこれからも実行するつもりはないからな。君一人で十分だ」

「気が変わったら遠慮なく教えて下さいね」

ブランシュが余裕の表情でそう答えたのは、サミルが改めて言わずとも彼の一途《いちず》な愛情を日々感じているからだ。サミルの愛情を誰かと分かつ時があるのなら、それは二人の子供たちなのだろうと彼女は確信している。

「妻が一人というのも大変だぞ。夫の要望を一身で受け止めなければいけないからな」

サミルの碧い目が悪戯っぽく輝くのを見て、その〝要望〟が何か悟ったブランシュはシナンもろとも夫を抱きしめた。

「あなたの要望は私の望みでもあるので、心配は不要です」

嫋《たお》やかな笑みを浮かべたブランシュは金色の髪に月光を反射させ、夜を支配する女神のようだった。

サミルは女神に敬服を示すために、腰を屈めて口づけを捧げる。

ブランシュは夫の口づけを受け止めるためにつま先立ちをした。

ブランシュの唇に赤ん坊のような――いや、赤ん坊そのものの唇が触れた。

サミルより先に抱かれていたシナンがブランシュの唇を奪ったのだ。

「ちゅう、ねっ！」

「え⁉」

「喋った！」

「とーさま！　ちゅう！」

「ほら、喋った！」

「喋ったわ！」

母の口づけがよほど嬉しかったのか、シナンは初めてのお喋りを楽しみ、ご機嫌に笑う。

ブランシュもつられて笑った。サミルも笑った。

三人は頬を寄せ合って口づけを交わす。

夜が煌めきを増していく。

笑顔の雫が星となり天に届く。

エピローグ

「サミル・ムスタファ・パシャの奥さんは五人の子供を産んだの。子供たちはみんな碧い目をしていた。そしてその子供たちの子供たちも碧い目をしている人が多かったから、サミル・ムスタファ・パシャの一族は〝藍玉の一族〟と呼ばれたのよ」

「分かった！　その人たちがこの森を作ったんだね！」

「そう。だからこの辺りを〝藍玉の森〟と呼ぶの」

母親を振り返った少年は口の周りをスモモの汁でいっぱいにしている。彼女はそれを拭いてやりながら、話を続けた。

「サミル・ムスタファ・パシャは奥さんが子供を産むたび、嬉しくって百本のスモモの木をプレゼントしたのよ」

「百本っていっぱいだね」

「そうね。いっぱい……彼と奥さんは砂ばかりだった土地にも苗木を植えて大切に育てたの。彼の子供たちもその子供たちも真似をして、赤ん坊が生まれるたびに奥さんの好きな木を植えたの」

「だからこんなに木がいっぱいになったんだ！　木昇りは楽しいし、スモモは美味しいし、木がいっぱいあるのっていいね！」

少年は無邪気に笑って二個目のスモモに手を伸ばす。

「それは明日に置いておきなさい」

母親は息子を止めたが、彼の手は止まらない。ひょいと艶やかなスモモを一つ摑むと、葉影がまだら模様を作る地面を蹴って走りだす。

「こら、待ちなさい！」

食いしん坊の息子を追いかけながら、母親は緑の向こうに見える青空に目を向けた。彼女の瞳もまた雲一つない清々しい空と同じ色をしている。

異国から嫁いできた姫君の物語――それはイルザファ帝国に生きる人々の心身に、今もなお生き続けている。

《完》

あとがき

このたびは『渇き、求め、濡れ、堕ちる。』をお手に取っていただき、ありがとうございます。

光栄なことにジュエル文庫様から二冊目の上梓《じょうし》となりました。

前回の『純情仮面』はプロレスラーがヒーローの現代ものだったのですが、今回はガラリと趣向を変えてアラビアンなヒストリカルに挑戦させていただきました。

前々から『西遊記』のような旅をするお話を書いてみたいという思いがあったところに、天から「シークもの……」と声が聞こえてきて、(担当様に似た声でした)シルクロードを旅する予定を変更。十字軍の遠征ルートを辿るような旅となりました。

〝シークもの〟というよりは〝砂漠旅もの〟のような感じになった今作ですが、読んでいただいた皆さん、いかがだったでしょうか？　楽しんでいただけましたでしょうか？

私は書いていてとっても楽しかったです！　いや、もう本当に楽しんで書きました。

恥ずかしながら今まで中東やイスラムの世界観に興味を持ったことがほとんどなかったのですが、このお話を書くにあたってちょこちょこと調べていきました。

もう、広いし、深いし、ややこしい！　いまだに不勉強です。

ただ知らなかったことを知る楽しさと、その楽しさが渦になってアイデアに繋がっていく心地よさを感じながらお話を書き進めることができました。

プロローグとエピローグに繋がる砂漠化のエピソードは紀元前のお話『ギルガメッシュ叙事詩』から発想を得ています。ギルガメッシュ王はレバノンの森深くに住むフンババという魔物を倒して、辺りのレバノン杉をかなり伐採してしまったそうです。自然破壊の始祖とも言えるかもしれません。

人の住むところには自然がなくなる。完全に自然がなくなった場所で人類は幸せになれるのか？　――ちょうど京都の歴史ある神社の鎮守の森を伐採してメガソーラー施設を作る、というニュースを聞いたりしたので、物語のなかぐらいは豊かな森を作りたいと考え、ああいうエピソードを取り入れました。

また、このお話を楽しく書き進められたのは、挿絵を担当して下さったｃｒｏｗ先生の影響もかなり大きいです！　ｃｒｏｗ先生ありがとうございます！

漫画でｃｒｏｗ先生の作品を初めて拝見した時、私はちょうどこのお話の序盤を書き進めていたのですが、「あ、サミルを描くのはこの方だ……」と勝手ながら運命のようなものを感じてしまったのです。

そして「ｃｒｏｗ先生に挿絵を……」という私の無茶な希望を、有能すぎる担当様が叶えて下さいました！　担当様ありがとうございます！

ｃｒｏｗ先生の描くブランシュが見たい、サミルが見たい、筋肉が見たい、どすけべな絵が見たい……という子供のように純粋な欲望が私の筆を進めてくれました。素晴らしい絵は偉大ですね。

担当様とは二作目のお仕事でしたが、まだ私のマッチョ好きはバレていないはず……。最後になりましたが、『渇き、求め、濡れ、堕ちる。』を読んでいただいたすべての読者様に心からの感謝を。願わくばまた違う物語でお会いできますように。


【追記】

このあとがきを書いている時にアメリカとイランの緊張が高まっているというニュースが飛び込んできました。グローバル化が進んでいる昨今、遠い国の話だとは思えません。

私は政治的なことは分からないのですが、世の中が平和だからこそこの『渇き、求め、濡れ、堕ちる。』のような戦闘描写も大衆娯楽になるのだと思います。

当たり前のことですが、心から平和を願っています。

令和二年一月初旬　　青井千寿

ジュエル文庫をお買い上げいただき、ありがとうございます!
ご意見・ご感想をお待ちしております。

ファンレターの宛先

〒102-8177　東京都千代田区富士見2-13-3
株式会社KADOKAWA　ジュエル文庫編集部
「青井千寿先生」「crow先生」係

ジュエル文庫
http://jewelbooks.jp/

渇《かわ》き、求《もと》め、濡《ぬ》れ、堕《お》ちる。

2020年２月29日　初版発行

著者　青井千寿

イラスト　crow

発行者 ———— 青柳昌行
発行 ———— 株式会社 KADOKAWA
〒102-8177 東京都千代田区富士見2-13-3
0570-06-4008（ナビダイヤル）
装丁者 ———— Office Spine
印刷 ———— 株式会社暁印刷
製本 ———— 株式会社暁印刷

Printed in Japan
ISBN 978-4-04-912946-5 C0193

◇◇◇

冷血シークが優しいパパになりました!
砂漠のシークレットベビー
Illustrator 天路ゆうつづ
しみず水都
Sabakuno SECRET BABY
ジュエル文庫
大好評発売中